うそつきなシンデレラ

真船るのあ

白泉社花丸文庫

うそつきなシンデレラ　もくじ

イラスト／こうじま奈月《なづき》

「ありがとうございました！」

昼時をやや過ぎたとはいえ、ほとんど入っていなかった最後の客が会計を済《す》ませると、狭《せま》い店内には元気のいい声が響《ひび》き渡る。

年の頃は、十五、六というところだろうか。

どちらかといえば愛くるしい童顔に、くるくるとよく動く大きな瞳。

ショートカットの黒髪をバンダナで、そして細身の身体を黒いエプロンで包んだ店員らしい少年は、履き潰したスニーカーで軽快に客席をすり抜け、食器を下げてテーブルを拭《ふ》く。

都内の片隅《かたすみ》でひっそりと営《いとな》まれているレストラン。

外観は山小屋を模《も》してあり、一階が店舗《てんぽ》で二階は住まいになっている、小さな小さな飲食店だ。

少年の、見ていて気持ちがいいほどの働きぶりに、厨房《ちゅうぼう》からそれを覗《のぞ》いていた初老《しょろう》のマスターは相好《そうごう》を崩《くず》した。

「悠吾《ゆうご》くん、もうランチのお客は終わったから、休憩してきていいよ。お疲れさん。きみは本当によくやってくれるねえ」

「え？　でも後でいいですよ、マスター。じゃがいもの皮剥《む》いちゃわないと」

この小さな店では人手がないので、彼が材料の下ごしらえから店の掃除、果てはゴミ捨てまでなんでもやる。

彼、谷倉《たにくら》悠吾がこの小さなレストラン『ミカムラ』に住み込みで働き始めたのは、今から約三ヶ月ほど前のことだ。

彼が両親を事故で一度に亡くし、養護院『天使の家』に預けられたのは八歳の頃の話。

そしてこの春、無事に義務教育である中学を卒業したばかりだ。

養護院の在所期限は十八までで、大抵《たいてい》の子は高校まで進学しているのだが、早く自立したかった悠吾は住み込みを条件で仕事を探し、ここに落ち着いたのだ。

世間的に言えば幼い頃に両親を亡くして養護院に、というと不幸な生《お》い立ちを想像するが、院ではいつも友達といっしょでまるで毎日が修学旅行みたいだったし、先生も優しかったので、悠吾は自分が不幸せだなどと、ほとんど考えたことがなかった。

そして、こうして養護院出身の自分を雇《やと》ってくれたここのマスターも奥さんもとてもいい人たちだったので、逆に恵まれていると思うくらいだ。

「俺、マスターにはほんとに感謝してるんですから。もっとじゃんじゃんこき使ってくださいよ！　じゃがいも、剝いちゃいますからマスターこそ休んでてください」

そう腕まくりをし、威勢《いせい》よく言った、その時。

カランと玄関のカウベルが鳴り、一人の少年が店内を覗き込んだ。

「……あの」

とよく似ている。


「あ、一帆《かずほ》！」

顔を覗かせたのは、悠吾と同じ年頃の少年だ。顔立ちはさほどでもないが、全体的な雰囲気《ふんいき》や髪質、それに細身の体格などが二人並ぶとよく似ている。

もっとも、印象的には悠吾を動とするなら、この少年は静というところだろうか。

「あ、ごめんなさい、悠吾のお昼休みの時間かなって思ったんで……」

申し訳なさそうな少年の言葉に、マスターは笑いながら言った。

「せっかく一帆くんが来てくれたんだ。休憩してきなさい」

「……はい、それじゃ」

その言葉に甘え、悠吾は店の裏口へと回り、そこでエプロンを外して私服のTシャツにジーンズ姿で再び一帆と合流する。

それから二人でコンビニでサンドイッチとおにぎりを買い、近くにある公園で昼食を摂《と》ることにする。

「ごめんね、急に来て」

「なに言ってんだよ。いつだって来いよ。おまえは大事な俺の親友なんだからさ」

彼、早瀬《はやせ》一帆とは『天使の家』でいっしょに育った間柄《あいだがら》だ。

母子家庭で母親に過労で先立たれ、悠吾より二年ほど後に入所してきた一帆は、同い年ということもあってなにかと気の合う悠吾を誰より慕《した》ってくれていた。

その彼も今年、悠吾と同じ選択をして『天使の家』を卒業し、同じく住み込みでカメラマンのアシスタントの仕事についたばかりだった。

「仕事はどう？　楽しい？」

「ああ、マスターも奥さんもすごくよくしてくれるし、毎日楽しくやってるよ。ただ……ちょっと心配なのは、お客がほとんどこないってことなんだけど」

と、サンドイッチを頬張《ほおば》りながら悠吾はためいきをつく。

「そうなんだ、不況だものね……」

「なんとか新メニューを考えるとかしてさ、お客さん呼ばないとな。俺も早く金貯《た》めて調理士の免許でも取ろうかな。そしたら、経営苦しいのに俺を雇ってくれたマスターたちに恩返しできるかもしれないしな」

と、目を輝かせて未来を語る親友の姿に、一帆が嬉しそうに目を細める。

「……なんか、悠吾はいつも通りなんで、安心したよ」

「へ？　なに言ってんだよ。それよりおまえはどうなんだ？　確か、すっげえ有名なカメラマンのとこに住み込みなんだろ？　よくしてもらってるか？」

「……うん」

口では肯定《こうてい》しながら、一帆はうつむいている。

「……あのね、もし……僕が外国に行っちゃったらどうする？」

「……え？　なんだよ、いきなり」

突拍子《とっぴょうし》もない質問に、悠吾も目を丸くする。

「吉崎《よしざき》さん、ペルーの紀行写真集出すことになったんだ。三年くらいは……もしかしたら、それ以上長い間日本には帰ってこられないから……僕に養子になっていっしょに来てほしいって」

「ええ!?」

まさに寝耳に水の話に、悠吾は驚きを隠せない。

吉崎さんというのは、一帆を住み込みでアシスタントとして雇ってくれているカメラマンだ。

四十代後半で、業界ではそれなりに名の通った大物らしいが、そういえば確か奥さんとの間に子供がないと聞いていた。

よくしてもらっていると聞いてはいたけれど、まさか養子にされるほどだったとは。

――もしかして、一帆が騙《だま》されてる……なんてことはないのかな？

親友を心配するあまり、ついそんなことまで考えてしまったけれど。

「本当はもっと先の話だったんだけど、急に予定が早まっちゃって……」

そう告げた一帆の表情は、とても嬉しそうだったので、悠吾は自分の疑問を口にするのはやめた。

一帆だって、もう子供じゃない。

自分を大事にしてくれる人か、そうでないかの見分けはちゃんとついて、その上でついていこうと思っているのだろう。

なら、自分に言うべきことはなにもない。あとはただ、背中を押してやるだけだ、と悠吾は思った。

「……そうなんだ」

養護院の先生たちも、『まるで本当の兄弟みたいね』と口を揃《そろ》えて言うほどだった二人。どうせ肉親がいないのだから、大人になっても二人で助け合っていこうねと誓《ちか》った一帆が、遠く離れた外国に行ってしまう。

それは悠吾にとって、両親を亡くした時と同じくらいの衝撃だったけれど、一帆のしあわせを思えば、わがままを言ってはいけないと思った。

「……一帆は先生について行きたいんだろ？」

「え？　う、うん」

「なら、行った方がいいよ。一帆の人生なんだから、一帆のしたいようにした方がいい。どこにいたって、俺は一帆のしあわせを祈ってるからさ」

寂《さび》しさを押し殺し、悠吾は親友の顔を覗き込んでおどけてみせる。

「悠吾……」

昔から涙もろい一帆は、すでに目をうるませている。

「あ〜〜もう泣くなって！　おめでたい話なんだからさ」

本当は自分も胸が詰まって涙が出てしまいそうだったけど、悠吾はわざと明るく残りのサンドイッチをたいらげてみせた。

そんな悠吾をじっと見つめていた一帆は、なにやら背負ってきたリュックの中をごそごそと漁《あさ》っている。

「……悠吾、これ、もらって欲しいんだ」

と、彼が差し出したのは、古めかしいアンティークのオルゴールだった。

かなり古い年代の物らしく表面の銀細工《ざいく》は鈍《にぶ》い色に変色してしまっていたが、その細工の見事さから、かなり高価な品であることは素人《しろうと》にもわかる。

「これ……一帆の母さんの形見《かたみ》じゃんか」

そう、その品は一帆が院にいた頃から、肌身《はだみ》離さずそばに置いていた彼の宝物なのだ。

「もらえないよ、こんな大事なもの」

「いいの、悠吾にもらってほしいんだ！　あのね、そのかわり、僕の話聞いてくれる？　なんだかものすごく突拍子もない話なんだけど」

「う、うん」

いつになく押しの強い一帆に気圧《けお》され、思わずうなずく。

するとすでに頭の中で整理をつけてきていたのか、一帆はよどみなく話し始めた。

「こんな話……誰に言ったって信じてもらえないと思ってたから、今まで誰にも言わなかったんだ。僕の母さんが、未婚の母だったのは知ってるよね？」

うん、と悠吾はこっくりする。

そのせいで働きずくめに働いて、挙《あ》げ句《く》に身体を壊して亡くなったことも、一帆に聞いてよく知っていた。

「自分の父親のことって、やっぱり気になるじゃない？　だから僕、父さんはどこの誰なのって、何回も聞いたんだけど、母さんは教えてくれなかったんだ。だけど亡くなる間際《まぎわ》にこのオルゴールを僕に渡して、『おまえは御園崎《みそのざき》家の血を引く子なのよ。このオルゴールだけはなにがあっても手離してはだめ』って……そう言い残したんだ」

「御園崎家!?」

それは、世俗《せぞく》に疎《うと》い悠吾でさえ耳にしたことのある名だった。

確かテレビで、旧華族《かぞく》の血筋で、前当主である御園崎鷹昭《たかあき》氏は複合企業《コングロマリット》を束《たば》ねるグループのトップに君臨《くんりん》していると言っていた。

「そういえば……」

その名前が出たことで、悠吾は最近耳にしたニュースの内容を思い出した。

確かそれは、二週間ほど前にその御園崎鷹昭氏がまだ五十代の若さで病死したというものだった。

「それじゃ……こないだ亡くなったあの人が、一帆のお父さん……？」

愕然《がくぜん》とつぶやくと、一帆がこっくりした。

「そ、それってすごいことじゃんか！　なんで今まで黙ってたんだよ？」

「悠吾、僕の話信じてくれるの……？」

「当たり前じゃんか！　そんなウソ、一帆の母さんがつくわけないよ。それで？　御園崎の人と連絡は取ってみた？」

一帆は、うつむいたまま、ううん、と首を横に振った。

「僕なんかがそんなすごい家にのこのこ行ったって、門前払《もんぜんばら》いされるのがオチだよ。それに……母さんを捨てた人の家になんか、頼りたくなかったし」

そうだ、確か前当主には妻も子もいたはずだ。

もし本当に一帆が御園崎家の血を引くのなら一帆の母親とは当然不倫《ふりん》ということになるし、二人の不幸な顛末《てんまつ》を見れば鷹昭氏が彼ら親子を見捨てたと考えるしかない。

一帆だって、本当は気になって、父親の素性《すじょう》を調べたくなるのを必死で堪《こら》えてきたのだろう。

母親を捨てた人間を、許すまいと心に刻《きざ》みつけるようにして。

「……そっか、そうだよな」

一帆の気持ちが痛いほどよくわかる悠吾は、うなずいた。

「でも、だったらよけい持ってなきゃいけないんじゃないのか？　このオルゴール」

「ううん、もういいんだ。僕は吉崎さんの養子になって、これから誰よりしあわせになってみせる。今までの僕の過去をふりかえらないって意味でも、もう持っていたくないんだ。だけど大事な物だから、悠吾にもらってほしい」

一帆はきっと、これを手離すことで自分の過去と決別を果たせると考えたのだろう。

そう、悠吾は感じ取る。

「ごめん、悠吾にとっては迷惑かもしれないけど……」

「そんなことない！　わかったよ、それじゃこれは俺が大事に預かっとくからな」

両手で受け取ってくれた悠吾に、一帆は初めて笑顔を見せた。

「うん、ありがと」

これでようやく肩の荷が下りたというように、一帆はサンドイッチを食べ始める。

その横顔を見つめながら、悠吾は想像以上に複雑だった親友の生い立ちを反芻《はんすう》していた。


それから、瞬《またた》く間に半月ほど過ぎて。

一帆が出発する日、悠吾は見送りのために成田《なりた》空港のロビーにいた。

「ほんとに仕事休んで平気だったの？」

心配げに、一帆が問う。

「ああ、なんかマスターがどうせ店休みにするつもりだったからちょうどいいって言ってくれたんだ」

とはいえ、店が定休日以外に休みにすることなど、悠吾が来てからは初めてのことだったので、不思議といえば不思議だったが。

これでもう当分会えないのだと思うと、二人とも話したいことは山ほどあるはずなのに、かえって無口になってしまう。

「……これ、一帆にやるよ」

と、悠吾は背負っていたリュックの中からリボンのかかった小さな包みを取り出す。

「え？　開けていい？」

「ああ」

一帆が包みをほどくと、それは今流行《はや》りのスポーツウオッチだった。

「前、そういうの欲しいって言ってただろ？　餞別《せんべつ》だよ。一帆の宝物もらったのに、手ぶらじゃ行かせらんねえからな」

「悠吾……」

今まで必死に堪えていた涙が溢《あふ》れてきたのか、一帆がうつむく。

「……ありがと、大事にするね」

その時、少し離れた位置で二人の別れを見守っていた穏和《おんわ》そうな男性が声をかけてくる。

「一帆、そろそろ時間だよ」

「はい、吉崎さん」

それを聞いて、悠吾が肘《ひじ》でつつく。

「バカ、もう『お父さん』だろ？」

「あ……そうだっけ」

なんとなくおかしくなって、二人は顔を見合わせて笑う。

「じゃあね、行ってくるね」

ようやくそう別れを告げた一帆は、すでに目を赤く泣き腫《は》らしている。

「そんなに泣くなよ。ほんと、泣き虫なんだから」

「悠吾がいけないんじゃんか。ぜったい泣いちゃうから見送りなんか来なくていいって言ったのにぃ……」

と、まだめそめそしているので、悠吾は慌《あわ》てて吉崎氏に声をかける。

「一帆、この調子なんで、もう行ってください」

「そうだね、それじゃ、」

一帆に優しく寄り添《そ》っている吉崎氏を見て、この人なら大丈夫かな、と悠吾は内心チェックしてしまう。

名の知れたカメラマンだという話だが、傲《おご》ったところもなく穏やかな雰囲気がその人と
なりを信頼できるものに見せていた。

傍《かたわ》らにいる夫人も、とても優しそうだ。

「一帆を、よろしくお願いします」

二人に向かって、ぺこりと一礼する。

「もちろんだよ。一帆は必ず私たち夫婦が守るから」

そう力強く答えた吉崎夫妻に連れられ、一生懸命こちらに向かって手を振る一帆の姿は、
出国ゲートの向こうに消えていった。

その姿が見えなくなるまで見送ってから、悠吾もようやく歩き出す。

本当は一帆といっしょに泣きたいくらい寂しかったうえ、ぐっとその思いを堪えていた
緊張が解け、ほんの少しだけ涙が出た。

泣いているのを周囲の人に悟《さと》られないようにうつむきながら、電車に乗る。

さぁ、いつまでもめそめそしてなんかいられない。

──店は休みにすると言っていたけれど、ちょうどいい機会だから店内の大掃除でもしよう。どうせ他にすることもないんだし。

そう考えながら、悠吾は店の脇にある鉄製の階段を昇り、住居部分の玄関を合い鍵《かぎ》で開けて中へ入る。

「ただいま戻りました」

自分の部屋に戻る前に、一応そうリビングに声をかけてみる。

すると、テーブルに向かい合って座っていたマスター夫妻は、いったん顔を見合わせてから言った。

「おかえり、早かったね」

「ええ、俺、暇なんで店の大掃除でもしようと思って。下にいますから、なんかあったら呼んでくださいね」

悠吾がそう言って行こうとすると。

「掃除はいいから、ちょっと座ってくれないか、悠吾くん」

「え？　あ、はい」

あらたまった雰囲気で言われ、わけがわからないながらも悠吾は言われた通りに席につく。

すると、どう話を切り出そうかと思案した後、ようやく彼は重い口を開いた。

「きみも知ってると思うが、もうずっとうちの店はお客の数が減っている。どうにか今日まで頑張ってきたんだが、ついに銀行からの融資《ゆうし》も断られてしまってね。このまま店を開けていればいるだけ、赤字がかさんで借金が増えてしまうんだよ」

お客が減っていることは、正直悠吾も気にはなっていた。

しかし、それほどまでに追い込まれていたとは……。

「それじゃ……店を閉めるんですか……？」

「……この店と土地を売って借金を清算してしまうしか……それしか、方法がないんだ。天使の家の園長には私も義理があって、なんとかきみをずっと雇ってあげたいと思ったんだが……すまない、私の力不足で、こんなことになってしまって」

このレストランを開いて、もう二十数年だと言っていた。

ずっと守ってきたこの店を失い、今一番衝撃を受けているのはこの夫婦の方なのだ。

自分がショックを受けている場合ではない。

そう自分に言い聞かせ、がっくりとうなだれるマスターの肩に悠吾はそっと触れる。

「そんな……お礼を言うのは俺の方です。お店が苦しいのに、俺なんかを雇ってくれて、本当にありがとうございました。次の仕事先は、自分でなんとかします。俺のことは心配しないでください」

「悠吾くん……」

「お店、いつ閉店するんですか？」

「そうだね……ここが売れるまで多少時間はかかるかもしれないけど、店は今月末に閉めることにしようかと、今話していたところなんだよ」

今月末といったら、あと一週間しかない。

が、そんな不安は極力《きょくりょく》顔には出さないようにして、悠吾は笑顔を見せる。

「そうですか、仕事が決まるまでは、友達のところにでも居候《いそうろう》させてもらいます。短い間でしたけど、本当にお世話になりました」

感謝を込めて、悠吾は彼らに向かってぺこりと一礼した。


とは言ったものの……。

「はぁ……やっぱ難しいなぁ……」

さんざん歩き疲れて、たまらず公園のベンチにへたり込む。

就職情報誌を頼りに何カ所か足を運んだが、この不況。

弱冠《じゃっかん》十六歳の子供、しかも住み込みで、などという都合のいい職場がそうそうあるわけもない。

――こりゃもう、院長に保証人になってもらって、安いアパート探すしかないかな……

あんまり院には迷惑かけたくなかったんだけど。

本来なら、こういう場合は当然養護院に戻るか、または保護司に相談して指示を仰《あお》がなければならない。

しかし……。

『ミカムラ』に就職が決まって、誰より喜んでくれた院長の顔が、ふと脳裏《のうり》をよぎる。

まさかこんなに早く職を失うことになったなんて、想像もしていないだろう。

――マスターたちには心配かけたくなくてあんなこと言っちゃったけど、一帆ほど仲いい友達なんていないし……。

いっしょに卒業した院での友達はいるにはいるが、みな自分と同じように住み込みで働いている者がほとんどなので、そこに居候などできるはずもない。

働き始めて、まだ三ヶ月足らず。

決して多くはない初めての給料のほとんどは、天使の家のために使ってくれと院長に渡してしまったし、数万円あった蓄《たくわ》えはこないだの一帆へのプレゼントのために使い果たしてしまった。

所持金、ほぼゼロ。

にっちもさっちもいかないとは、このことだ。

『困ったことがあったら、いつでも院に戻ってらっしゃい』

院を巣立つ時、院長はそう言ってくれたけれど……。

――もう少し、粘ってみるか……。

まるで肉親のように温《あたた》かく接してくれた彼女を心配させるのは、最後の最後、どうにもならなくなった時だ。

そう自分に誓いを立て、悠吾は疲れた足を引きずるように再び立ち上がる。

が、いくら足を棒にして探しても、急に職が見つかるわけもなく、そうこうしているうちにあっという間に『ミカムラ』の閉店の日を迎えてしまったのだった。

◆　◆　◆

「短い間でしたけど、お世話になりました」

感慨《かんがい》深げに店の外観を眺《なが》めた後、悠吾は見送りに出てくれたマスター夫妻に向かって頭を下げる。

「本当にあてはあるのかい？　あと少しだったらうちにいてもいいんだよ？」

マスターは何度もそうは言ってくれているものの、実際のところ債務《さいむ》処理やらなにやらで毎日駆けずり回って憔悴《しょうすい》している状態で、悠吾にはとてもその言葉に甘えることはできなかった。

「大丈夫です。友達とは、もう連絡ついてるんで」

そう同じ嘘を繰り返し、悠吾は着替えの詰まった大きなスポーツバッグを二つ肩にかける。

「マスターも奥さんも、身体だけは気をつけてくださいね。それじゃ」

明るく言って歩き出し、ふりかえると、夫婦はいつまでも名残惜《なごりお》しげに見送ってくれていた。

曲がり角まできてもう一度だけ手を振って、悠吾はためいきをつく。

こうなったら、しかたがない。

いったん天使の家に戻って居候させてもらい、とにかく仕事を見つけなくては。

とりあえず電車に乗らなければ、と悠吾は重たい荷物を下げて歩き出す。

もともと『ミカムラ』に持ってきた荷物は、このスポーツバッグ二つだけ。

これが悠吾の全財産だ。

もしこのまま、自分がどこかへ姿を消してしまっても、世界中で誰も探してはくれないんだと思うと、ふだんは努めて考えないようにしていた孤独感がひしひしと押し寄せてくる。

とぼとぼと歩き、駅前に出ると、なにやらふだんより人出が多い。

あきらかに中学生や高校生たちの姿が目立つのだ。

——そうか……もう夏休みなんだ……。

仕事を覚えるのに夢中で、自分が学生だった頃のことなどすっかり忘れていた。

目の前を通り過ぎていく子たちはみな裕福《ゆうふく》な親の庇護《ひご》を受け、思い思いに着飾り、青春を謳歌《おうか》しているように見える。

それに引き換え、どうだろう？

今晩の寝床すらまだ確保できていない自分のありさまは。

——世の中って、不公平にできてるよな……。

ふだん愚痴《ぐち》などめったに口にしない悠吾も、さすがに落ち込んでくる。

なぜ自分だけがこんな目に遭《あ》わなければならないのだろう？

両親を事故で亡くしただけでじゅうぶんすぎる試練なのに、たった十六で世の中に放り出され、誰の力を頼ることもできないなんて。

駅前のベンチに荷物を放り出し、気分的にがっくりきて座り込む。

と、その時、乱暴に置いてしまったせいか、バッグの中でごつんと鈍い音がした。

慌てて開けて中を漁ると、予想通りぶつけてしまったのは一帆にもらったオルゴールだった。

「あ、やべっ……」

大事にすると誓ったのに、と反省しながら膝《ひざ》の上に置き、そっとその細かい細工の施《ほどこ》された上蓋《うわぶた》を撫《な》でてみる。

見事な細工のオルゴールの音色《ねいろ》を、悠吾はまだ聞いたことがない。

オルゴールには鍵がかけられていて蓋を開けることができず、一帆も彼の母もその鍵は持っていないのだという。

だが、中にはなにか入っているらしく、揺するとなにかがかさつくような音がする。

――なにが入ってるんだろ……ひょっとしてこの鍵は、一帆のお父さんって人が持ってたのかな……？

そんなことを考えながらあちこちいじって眺めていると。

隣《となり》のベンチに腰かけていた老人が、なにやらじっと自分の手元に注目しているのに気付き、悠吾は顔を上げた。

「あの……なにか……？」

「ああ、いや、ずいぶん名品を持っているなと思いましてな。そのオルゴールはきみのかい？」

「……ええ、まぁ」

一帆にもらったのだから、やっぱりこれは自分のものということになるのだろう、と悠吾は曖昧《あいまい》にうなずく。

「ちょっと見せてもらっていいかね？」

「あ、はい、どうぞ」

素直に差し出すと、老人はそれを丁重《ていちょう》に受け取り、裏返したりあちこち調べ始めた。

「ふむ……私は隣町で骨董品《こっとうひん》屋を営んでおるのだが、これは十五世紀初頭のフランス製だね。この細工も見事な銀製だ。値をつけるなら……そうだな、三百万ってとこかな」

「さ、三百万!?」

予想もしなかった高値《たかね》に、悠吾は思わず飛び上がってしまう。

「もし手離す気があるなら、うちで百万で引き取ってもいいよ。どうかね？」

「い、いえ！　これは親友からもらった大事なものなので、それはできないですっ！　すいませんっ」

そう首を横に振り、悠吾は慌てて立ち上がる。

老人から逃げるように駅構内に駆け込み、彼が後を追ってこないのを確認してようやく一息つく。

――どうしよう……そんなに値打ちのあるものだったなんて。

きっと、一帆もそんなことは知らなかったのだろう。

こんな高価なものだと知ってしまったら、持っているわけにはいかない。

やっぱりこれは一帆の父親に返した方がいいのではないか、という気がしてくる。

といっても、彼はすでに亡くなっているから……残された親族に、ということになるが。

――どこで手に入れたとか聞かれたら面倒だから……屋敷のどっかに置いてきちゃうとか。

とりあえずこのオルゴールの後始末をしてしまおう、と悠吾はとにかくテレビで見た御園崎邸《てい》がある最寄り駅まで行ってみることにした。

駅を降り、近くにある交番で場所を聞いてみると、あっさり番地が判明する。

どうやらそのあたりではやはり有名らしく、ほとんど観光スポットのように訪れる人々が絶えないらしい。

教えてもらった住所のメモを手に歩いていくと、右も左も立派な豪邸ばかり。

さすがは都内でも有数の高級住宅街なだけのことはあるな、と悠吾はおのぼりさんよろしくきょろきょろしながら先を進む。

「あ、あった……」

該当《がいとう》する番地を見つけ、思わずつぶやいてしまう。

そして、目の前にそびえ立つ重厚なアーチ型門の隙間《すきま》から見える御園崎邸は……個人の邸宅というよりは、美術館に近かった。

かなりの坪《つぼ》数があると一目でわかる洋館の外観はレトロな雰囲気に統一されており、そこにたどり着くまでに相当な距離がある私道と、その脇にはあろうことか真っ白い噴水まで見える。

——なんだよ……ここ、ほんとに日本かよ？　美術館とか、アメリカのホワイトハウスみてえ……。

なかば呆れて、ぽかんと口を開けてしまう。

立派な表札の脇にインターフォンはあるが、郵便ポストは見あたらない。

たぶん、こういうところでは郵便局員が直接屋敷内まで配達するのだろう。

この門の中に入れなければ、オルゴールを置いてくる場所すらない。

——どうしよう……。

せっかくここまで来たのに、と悠吾は途方《とほう》に暮れてバッグからオルゴールを取り出す。

と、その時。

道の前方から、黒塗りのベンツがこちらに向かって走ってきたので、悠吾は慌てて門の脇に移動した。

驚くほど磨《みが》き込まれたその車は、音もなく御園崎邸前に停車すると、中から電動式に門がゆっくりと開いていく。

——あ……このお屋敷の人なのかな……？

悠吾がそう考えながらそれを見ていると。

「ちょっと、そこのきみ」

ベンツの後部座席のウィンドウが開き、声をかけられた。

「そのオルゴールは……」

続いてドアが開き、車から降りてきたのは、濃紺《のうこん》の仕立てのよいスーツをまとった青年だった。

年の頃は二十七、八というところだろうか。

秀《ひい》でた理知的な額に意志の強そうな瞳、それになにかの決意を表すかのようにきりりと引き締まった口元。

背も高く、洗練されたしぐさでどこから見ても上流階級の人間であることが一目で見て取れる。

まさに美丈夫《びじょうふ》という言葉は彼のためにあると言っても過言《かごん》ではなかったが、眉間《みけん》に寄る皺《しわ》がその気むずかしさと冷淡さを物語っていた。

彼は悠吾の前に立つと上から下まで観察し、いきなりオルゴールを取り上げた。

「あ、あの……」

ちょうどよかった、と適当に事情を説明して立ち去ろうと口を開きかけると。

青年はなにを思ったか、悠吾の腕を摑んで車の中へ押し込んだ。

「え？　ちょ、ちょっと!?」

「ここでは人目がある。話は中に入ってからだ」

冷淡にそう言い捨て、彼はなにがなんだかわからない悠吾を連れ、正門からしばらく走った末に到着した屋敷の玄関前で車を降りた。

門から玄関まで車で走るほどの距離があるということ自体、悠吾にとっては信じられなかった。

「お帰りなさいませ、鷹矢《たかや》様」

出迎えに現れた執事《しつじ》らしき初老の男性が悠吾の存在に気付くが、なにも言わず恭《うやうや》しく礼をする。

「私が呼ぶまで、下がっていてくれ」

「はい、かしこまりました」

鷹矢、と呼ばれた青年の命令に、彼は速《すみ》やかに去り、驚くほど広い玄関ホールには悠吾と青年の二人きりになった。

「こっちも、ちょうどおまえを探していたところだ。手間が省《はぶ》けてちょうどいい。早瀬一帆、だな？」

「……え？」

言われて、ようやく悠吾は自分が一帆に間違われていることに気付く。

「いえ、あ、あの……」

「今さら、なにをとぼけている。おまえの母親は私の父の愛人だった。認知はしていなかったらしいが、おまえが我が子である証《あかし》に預けたのがこのオルゴールだ。父は先月亡くなった。おまえも遺産分けが目当てで今ごろのこのこやってきたんだろう」

胸に突き刺さるような棘《とげ》のある言葉に、悠吾は一瞬目の前が真っ暗になった。

言われてみれば、確かにこんな時期に突然現れたら、遺産目当てと思われてもしかたがないかもしれない。

それにまったく気付かなかった自分の馬鹿さ加減に、歯がみしたくなる。

しかし、だからといって彼の発言はあんまりだ。

――こいつ……自分は御園崎家の跡取《あとと》りで苦労知らずのお坊ちゃんのくせに！　一帆と、母親の苦労なんかなんにも知らないくせに……！

怒りのあまり、ギリ……と悠吾の歯が鳴る。

――俺の大事な一帆のことを、まるでご馳走《ちそう》にたかる蠅《はえ》みたいな言い方しやがって！

一帆と似た境遇に育ち、彼から母親の苦労を一部始終聞いて知っている悠吾には、彼の暴言は許しがたかった。

親友を貶《おとし》められ、かっと頭に血が昇ると、あとはもう止まらない。

「……なんだよ、黙って聞いてりゃ言いたいこと言いやがって！　父さんが亡くなったなんて、ぜんぜん知らなかった。俺はただ、これから新しい人生を歩き出すのに、過去を捨てるつもりでこれを返しに来たんだ。あんたにそんなこと言われる筋合いはないね。遺産なんか放棄《ほうき》してやらぁ、それで文句ねえんだろ⁉」

そして……気付いた時には『一帆』に成り代わり、そう啖呵《たんか》を切っていた。

頭の隅《すみ》では、勝手にこんなことを言ったらまずい、とはわかっていたが、どうせ一帆はこの家に来る気はないのだから、と自分で言い訳を見つける。

かまうもんか、どうせもう二度と会うこともない奴なんだから。

一帆の分まで、力いっぱい憂《う》さを晴らしてやろう。

悠吾は思う存分鷹矢を睨みつけ、言ってやった。

「他人を見たら泥棒と思えって教育受けてんだな。どんなご大層《たいそう》な名家《めいか》だかなんだか知らないけど、あんたみたいな根性ねじりん棒な奴が跡を継ぐんじゃ御園崎家の将来が心配だね。ま、せいぜい頑張んなよ。バ〜〜カ！」

口の両端を指で広げ、舌を出してやってから、敵が怒り出す前に一目散《いちもくさん》に玄関の扉にダッシュする。

が……。

「言いたいことは、それだけか」

ドアノブにタッチした瞬間、悠吾は襟首《えりくび》を摑まれ、強い力で引き戻されていた。

「な、なにすんだよっ、離せったら！」

「おまえがどういうつもりだろうが、こっちには関係ない。人の話を聞いていなかったのか？　おまえを探していたと言っただろうが」

まるで猫の子でも摘《つま》むみたいに放り出され、悠吾はたたらを踏む。

その隙に玄関の前に立ちはだかり、行く手を遮《さえぎ》ってから鷹矢は後ろ手に玄関の鍵をかけてしまった。

「もう少し先の話になるが、弁護士立ち会いの元で父の遺言《ゆいごん》を開封し、遺産分配の手続きをすることになる。父は死ぬ間際までおまえと母親の行方《ゆくえ》を探していた。おそらく遺書にもそのことについて触れているだろう」

「え、ええ⁉」

「むろん、その前に当然おまえの身辺調査はさせてもらうぞ。DNA鑑定の結果、おまえが正真正銘《しょうしんしょうめい》父の子だと判明してから、の話だ。鑑定結果が出るまでの間、おまえにはこの屋敷に居てもらうから、そのつもりでいろ」

一方的に言いたいことだけ告げると、鷹矢は玄関脇に置かれている内線電話をかけた。

するとすぐにさきほどの老人が現れる。

「お呼びですか、鷹矢様」

「山名《やまな》、この子が例の早瀬百合《ゆり》の子だ。すぐ身辺調査に入らせるが、結果が出るまで屋敷から外に出さないでくれ。東館のゲストルームを使っていい」

それを聞いても、うすうす察していたのか、山名と呼ばれた老人は表情を動かさなかった。

「かしこまりました」

「ああ、それから至急《しきゅう》服と靴を見繕《みつくろ》ってやってくれ。こんな見苦しい格好で屋敷内をうろつかれたくない」

「見苦しくて悪かったなっ！」

「これ！　鷹矢様になんて口を利《き》くのですかっ」

山名が、慌てて悠吾の頭を下げさせるが。

「離せよっ、こんなゴーマン野郎に下げる頭なんかないね！」

悠吾が暴れるので、鷹矢がそれを『いい』と止めさせた。

「とりあえず、そういうことだ。いろいろ面倒を見てやってくれ。私は着替えてから、また出かける」

「かしこまりました。お気をつけて、いってらっしゃいませ」

と、恭しく山名が頭を下げている間に、鷹矢は階段を上がって消えていった。

後に残された悠吾は、ただぽかんとするばかりだ。

――な、なんだかとんでもないことになっちゃったぞ……？

こんなつもりじゃなかった。

ただ、どうしてもあいつに一言ガツンと言ってやりたかっただけだったのに。

――まずいよ……どうしよう。俺が一帆じゃないことなんて、DNA鑑定したら一発でバレるじゃんか。

内心青くなっていると、山名がこちらに来い、と手招きする。

「ついてきてください、部屋へ案内しますから」

「は、はい……」

他にどうするすべもないので、悠吾はしかたなく言われた通りに彼の後に続く。

東の棟《むね》と言ってはいたが、屋敷の中は想像以上に広かった。

「こちらが、広間になっております。人寄せや会食の際に使用されます。こちらの突き当たりがお手洗い、そしてこちらが……」

山名の説明を聞きながら長い廊下を渡り、階段を昇って悠吾が連れて行かれたのはおそらくは屋敷の一番奥に位置しているであろう三階の角の部屋だった。

「うわ……」

一歩室内に足を踏み入れ、思わず声を上げてしまう。

広さにしたら、ざっと二十畳ほどだろうか。

靴先が沈んでしまうほどの厚みのある絨毯《じゅうたん》に、手の込んだ刺繍《ししゅう》が施《ほどこ》されたアンティークな椅子とソファー。

それに、全体的に茶系を基調に統一された見るからに高価そうな家具と豪奢《ごうしゃ》なキングサイズのダブルベッドを配置しても、まだ部屋の中はがらんとしている印象を受けるほどの広さだ。

出窓には名前もわからないような豪華な花が生けられており、その脇では椅子とお揃いの刺繍が施されたカーテンが開け放した窓の風に揺れていた。

「部屋の中にあるものはなんでも使っていいそうです。洋服はすぐに手配しますので、届いたら運ばせます」

やや慇懃《いんぎん》無礼《ぶれい》にそう告げると、山名が部屋を出て行こうとしたので、悠吾は慌てて引き止めた。

「あの……！　俺、これからどうすればいいんですか……？」

執事らしい彼に聞いてもしかたがないのに、つい不安に駆られてそうすがってしまう。

すると老人の表情にやや憐憫《れんびん》の情が顔を覗かせたが、すぐに元の無表情に戻ってしまった。

「……鷹矢様がおっしゃっていた通りです。鑑定結果が出るまではこの屋敷から外へ出ないでください。まだ本人と認められたわけではありませんが、一応我々は一帆様と呼ばせていただきます。食事の時間まで今しばらくお待ちください。では、失礼いたします」

静かにドアが閉じられ、悠吾はたった一人取り残される。

「……あ〜〜！　どうしようっ⁉」

今さら、頭を掻《か》きむしってももう遅い。

ほんとは一帆の友達でした、なんて名乗り出たら、間違いなく袋叩きに遭《あ》いそうだ。

悠吾は、途方に暮れながら、両手をいっぱいに伸ばしてもまだまだ余裕のあるベッドに仰向《あおむ》けに倒れ込む。

だが、ひょんなことから当分の寝床が確保できた皮肉な展開に、悠吾はあれこれ思案を巡《めぐ》らせる。

――こうなったら、当座の宿とあの金持ちボンボンにささやかな復讐《ふくしゅう》を果たしてやるっつうことで、しばらくは様子を見るか……？

どうせ、敵はこれだけの大金持ちなのだ。

自分一人たかだか数週間滞在したところで痛くも痒《かゆ》くもないだろう。

で、結果が出る間際に、ここをトンズラするってことで。

――よし……鑑定結果が出るまでの間に、奴に一泡《ひとあわ》吹かせてあの能面面《のうめんづら》を打ち砕《くだ》いてやるっ！

結局、そこにたどり着いてしまう一帆命の悠吾である。

しばらく、そんなことを考えているうちに、そのままうとうとしてしまったのだろうか。

ふと悠吾は、部屋のドアをノックする音で目を覚ました。

「は、はいっ」

慌ててベッドの上で身を起こすと、窓の外はすでに真っ暗だ。

急いで部屋のドアを開けると、そこには山名が一人の初老の男とともに立っていた。

「この子です」

言うなり、男はうなずいてメジャーを取り出し、ぼんやりと突っ立っていた悠吾の身体をあちこち測り始めた。

「あ、あの……？」

「急いで洋服を作らせますが、今日のところはこれをお召しください」

と、数着のハンガーにかかった既製品の服を示しながらクローゼットへとしまう。

「こちらに着替えを済ませてから、夕食のお時間です」

「は、はい」

寝起きで朦朧《もうろう》としているうちに男は採寸《さいすん》を済ませ、山名もいっしょにさっさと行ってしまった。

着替えろ、ということは、着替えないと飯は食わせない、ということなのだろう。

――あんの野郎……いちいちムカつくぜっ。

手渡された服を眺め、ぎりぎり歯ぎしりするが、朝からなにも食べていない胃袋は飢餓《きが》状態。

怒りも空腹には勝てず、しかたがないのでとりあえずそのうちの一着に着替える。

すると、絶妙のタイミングで再びドアがノックされ、銀色のワゴンを押した老婦人が廊下で一礼した。

「失礼いたします、お食事でございます」

「は、はい、どうぞ」

広間かなにかに連れて行かれると思いこんでいた悠吾は、なんだ、ここで食べるのか、と拍子抜けしてしまう。

なら、よけいに着替える必要ねえじゃねえか！

豪華なテーブルの上に食事がセッティングされている間、なんとなく手持ち無沙汰《ぶさた》で待っているうちに、一応挨拶をした方がいいかな、とそわそわしてくる。

そんなことを考えていると、手早く準備を整え終えた彼女は、改まって悠吾に会釈《えしゃく》した。

「私は喜代《きよ》と申します。一帆様のお世話をするように申しつけられておりますので、よろしくお願いいたします」

「世話なんて、そんな……俺、自分のことは自分でできますっ」

とんでもない、と悠吾は慌てて両手を振る。

「いえ、そういうわけには参りません。鷹矢様のご命令ですから」

「あ、あの……」

「はい、なんでしょう？」

「俺……ほんとにここにいていいんでしょうか？」

ずっと気になっていた質問をぶつけてみると、老婦人は一瞬驚いた表情になる。

が、すぐに彼女はふくよかな笑顔で応えてくれた。

「ええ、当然ですわ。本当によくいらっしゃいました。鷹矢様はずっとあなたのことを探してらしたんですよ」

「ずっと、探してた……？」

「ええ、病床《びょうしょう》で息を引き取られた鷹昭様が、最期《さいご》にそれだけ頼む、と言い残されましたから、ずっとお心に引っかかっていたのでしょう」

――へえ……あのインケン男も、さすがに父親の最期の頼みはむげにできなかったのかな……？

と、悠吾は内心意外に感じる。

「では、お給仕《きゅうじ》を……」

と、セッティングを終えた喜代が世話を焼こうとするので、慌てて辞退する。

「いえ、いいですっ、一人でできますから……」

本音を言うと、とにかくこういう境遇に慣れていない悠吾は、食事をしている間ずっとそばにいられるなんて拷問《ごうもん》と同じで食べた気がしないからだ。

するとその気持ちを察したのか、喜代も無理じいはしなかった。

「それでは、なにかありましたら内線電話でお呼び下さい。ごゆっくりお召し上がりくださいませ」

にこやかに会釈し、喜代は退室していく。

まるでホテルのルームサービス並みに完璧に整えられたテーブルを前に、悠吾はやや途方に暮れてしまった。

こんなフレンチのフルコース料理など、生まれて初めてなのでどこから手をつけていいのかわからない。

誰もいないのに思わずきょろきょろと周囲を見回し、改めて誰も見ていないのを確認してから、人差し指でメインのフィレ肉をつつく。

「……どれでもいいや」

幾重《いくえ》にも並べられているカトラリーから適当にナイフとフォークを両手に取って、肉の上を滑《すべ》らせると、いかにも上質なその肉はほとんど抵抗感もなく切り分けられた。

おそるおそる一切れ口に入れると……。

「……うま……っ」

今まで食べたこともない極上肉に、衝撃すら感じる。

一切れ、もう一切れと、あとはもう夢中で口の中に放り込むようにしてあっという間に平らげてしまう。

もう少し味わって食べればよかった、と後悔したのはだいぶ経ってからだ。

それくらい、我を忘れるほどの美味《うま》さだった。

「ふ〜〜食った食った」

他の副菜に取りかかる頃にはやや落ち着きを取り戻し、悠吾は並べられた料理をすべて綺麗に食べ終え、満ち足りた腹を撫でた。

食欲が満たされると、妙《みょう》にけば立った神経も落ち着いてくる。

もう、こうなったら後には引けない。

ここは正体がバレるまで無銭《むせん》飲食を決め込んで、タダ飯《めし》タダ宿《やど》であの根性悪に経済的打撃を与えてやるしかない。

とはいえ、警察に突き出されてはかなわないので、鑑定結果が出るぎりぎりのところでトンズラしなければならないが。

「なんとか、なるよな……」

たった一人きりの食事を終え、悠吾は不安な気持ちを抱えたままそう呟いてみた。

その後、再び喜代が現れてバスルームの準備を整えてくれ、寝間着《ねまき》まで用意してくれた。

悠吾には想像もつかないことだが、この部屋には専用の冷蔵庫から、洗面所にトイレ、バスタブ、それにシャワールームまで完備されているのだ。

背中を流すとの申し出を丁重に辞退し、そそくさと入浴を済ませて、これまたふかふかのキングサイズのベッドに滑り込む。

そして、あまりよく眠れなかった一夜が明けると、また喜代が部屋に朝食の支度をし、一人きりの食事を済ませる。

なにしろ、風呂もトイレも食事もできるので、部屋から外へ出る理由がなにもない。

これが丸一日続くと、なんだか豪華な刑務所に入れられているような気分になってくる。

一応遠慮して、限界まで我慢していた悠吾だったが、昼食の食器を下げに現れた喜代に、ついに声をかけた。

「あの……ちょっと散歩してもいいですか？」

だめだ、と却下《きゃっか》されるかと思いきや。

「どうぞ、ご自由になさってください」

あっさり許可され、悠吾はこんなことだったらもっと早く言えばよかったと後悔しながら、喜代が退室した後に初めてその部屋を出た。

電話の脇に置いてあったメモ帳とペンをこっそり持ち出し、屋敷内の簡単な地図を書きながら先へと進んでいく。

そうでもしないと、この広大な屋敷内で迷子《まいご》になる可能性が大きいと思ったからだ。

「えっと、ここが俺のいた部屋で、隣が絵の部屋で、その隣が壺《つぼ》の部屋っと……」

こそこそとドアの隙間から中を覗いて、とりあえず目立つ美術品の名前を勝手につけて記入していく。

初めは、中に誰かいたらどうしようとびくびくしていたが、予想に反して悠吾のいた三階には人っ子一人いなかった。

「嘘だろ……この広さで俺一人かよ……喜代さんたちはどこにいるんだろ……」

ぶつぶつ独り言《ひとりごと》を呟きながら、今度は階段を降りて二階へ。

ところが二階も似たような美術品や絵画ばかりが幅を利かせていて、やはり人の姿はなかった。

そこで、今度は一階へ。

うろうろと歩き回っていると、何人か下働きらしい女性とすれちがったので少しほっとする。

が、皆一様に悠吾の姿を見ると無言のまま会釈して通り過ぎていくだけだった。

ぼんやりそれを見送っていると、

「なにをしてらっしゃるんですか？」

ふいに背後から声をかけられ、悠吾は飛び上がるほど驚いてしまう。

慌ててふりかえると、そこに立っていたのは執事の山名だった。

「あ、あの……ちょっと散歩を」

急いで背中にメモ帳を隠して答えると、山名はなにやらうさんくさそうな表情をしながら行ってしまった。

「あ〜〜びっくりした。忍者かよ、あのじいさん……ったく、足音くらいさせろっつうの」

文句を言いながら、ふと廊下の窓から外へ目線をやると。

そこにこれまた広大な敷地を誇《ほこ》る庭園の存在に気付いて、悠吾は外へ出てみることにした。

「うわぁ……」

目の前に広がるのは、まさに見事としか形容のしようがないイングリッシュガーデン。

噴水は白いユニコーンの口から水が溢れているし、綺麗に手入れされた花壇が整然と並んでいる。

それだけではない。

西洋式の庭園の反対側には、がらりと雰囲気のちがう和風庭園があり、おそらく茶室であろう建物まであった。

こうして敷地内を歩いてみると、外から見るよりも途方もなく内部が広いことがよくわかる。

屋敷の周囲を取り囲むように生えている木々が、まるで外界から遮断《しゃだん》するかのようにこの御園崎邸を守っており、まさしくここは別世界だった。

おそらく、一万坪近くはあるのではないだろうか。

これでは維持費《いじひ》だけで莫大《ばくだい》な金額になるだろう。

敷地内をふらふらしているうちに、いつしか陽が暮れかけるほどの広さだった。

いいかげんくたびれはてて、屋敷に戻ろうと歩いていくと、鋏《はさみ》やホースを抱えた庭師らしき業者二人とすれちがう。

「あの奥の温室はいいんですか？」

「ああ、あそこは鷹矢様になにもするなと言い渡されてるんだ。俺たちは庭の手入れだけしてればいい」

「へぇ、そうなんですか」

親方と新米らしき二人の会話を聞きながら、彼らが来た庭園の奥の方へと向かう。

すると、彼らの話通り立派な温室があった。

透明なガラスで囲まれた室内を覗いてみると、どうやら中にはたくさんの薔薇《ばら》の花が栽培《さいばい》されているようだ。

と、その時。

「なにをしている」

再び背後から声をかけられ、悠吾はまた飛び上がる羽目になった。

ふりかえると、スーツの上着を脱いで脇に抱えた鷹矢がそこにいた。

「な、なにって……べつにっ」

鷹矢を敵と判別している悠吾は、すぐさま戦闘モードに切り替わり、まるで猫が全身の毛を逆立てるように威嚇《いかく》する。

てっきり、意味もなくうろつくなと叱られると思いきや。

「そうか」

鷹矢はあっさり納得すると温室の扉を開け、中へ入ってしまった。

――なんだよ……拍子抜けするなぁ、もうっ。

叱られなければ叱られないで、なんとなく肩すかしを食わされたような気分になるから不思議だ。

すると鷹矢は、温室の中にセッティングされている白いテーブルセットの椅子の上に上着をかけ、ワイシャツの袖《そで》をまくると手早く花に水をやり始めた。

無数の薔薇の花たちに黙々と水を与え続けるその姿に、悠吾は思わず開け放しになっていた扉の陰《かげ》から興味津々で観察してしまう。

するると。

「見たいなら、入ればいい」

ふいにこちらに背中を向けたまま、鷹矢が言ったので、最初は自分に言われたとは思わなかった。

「え……う、うん」

それじゃ遠慮なく、とおずおず足を踏み入れる。

その温度の高さのせいだろうか。温室の中は、むせ返るような薔薇の香りに包まれていて、思わず目眩《めまい》がしそうだった。

「これ、ぜんぶあんたが世話してるのかよ?」

「そうだ」

「ふう〜ん、性格の悪さに反比例したいい趣味じゃん」

大事な一帆をバカにした恨《うら》みを、ここぞとばかりに皮肉で晴らしてやるが、鷹矢は無反応だった。

そして、

「見てもかまわないが、触《さわ》るなよ」

と、一言。

「わかってますよ〜だ」

ふりむきもしない敵の背中が、なんだか癪《しゃく》に障《さわ》ってイ～っとやってやる。

とはいえ、興味津々で温室内を見回していると、水を撒《ま》きながら鷹矢が口を開いた。

「薔薇は水が好きでな。真夏のこの時期には朝夕二回水をやらないといけない。鉢植えには液肥《えきひ》をたっぷりとやって、月一回は化成肥料を撒いてやる。なかなか手がかかる」

「……ふ～～ん」

なぜだかよくわからないが、薔薇のことを話す鷹矢の口調は穏やかだったので、悠吾はなんとなく気勢が削《そ》がれてしおらしくなってしまった。

「じゃ、真夏は仕事の途中に帰ってきて、水やってるわけ？」

「できるかぎりはそうしている。どうしても無理な時は山名に頼んでいるが」

とのお答え。

「さっき、庭師の人とすれちがったぜ。あの人たちに手入れ頼めばいいのに」

なにげなくそう言ったが、鷹矢はなにも答えなかった。

と、そこへ執事の山名がやってきて、恭しく一礼する。

「鷹矢様、そろそろお時間ですのでお支度をなさってください」

「わかった、今行く」

心得ているように、鷹矢は手を洗って手早く身支度を整える。

そして瞬《またた》く間に一分《いちぶ》の隙もないふだんのスーツ姿に戻ると、彼は悠吾に向かって言った。

「明日、うちの主治医がおまえの身体検査にやってくるから、そのつもりでいろ。それから、屋敷内はどこをふらふらしてもかまわんが、外へは出ないように」

一方的にそれだけを宣告し、悠吾が返事をする前に彼は山名とともに温室を出る。

と、行きかけ、ふりかえって、一言。

「ああ、それから、もう一つ」

「ま、まだなんかあるのかよ?」

「この屋敷内には美術品がごろごろしてる。なんでも見るのはかまわんが、触るなよ。この花といっしょだ」

皮肉に唇の端《はし》だけで笑ってみせたその表情が、まるでスクリーンの中の俳優ばりで、思わず目が釘付《くぎづ》けになるほどの美男ぶりだ。

言いたいことだけ言って、颯爽《さっそう》と立ち去っていく後ろ姿を見送って、はっと我に返った悠吾は一瞬見とれてしまった自分に腹が立って地団駄《じだんだ》を踏む。

「……くっそ〜〜どこまでもイヤミな奴だぜっ」

なんだか、出会ってからいつもしてやられてばかりで立場がない。

腹いせに高そうな美術品を選んで壊してやろうか、と物騒《ぶっそう》なことを考えるが、弁償《べんしょう》できないのでやめておくことにした。

それにしても、彼がこの温室に来てからまだ十五分も経っていない。

いかにも仕事の合間に寸暇《すんか》を惜《お》しんで、ここの花たちの世話をしているという雰囲気だった。

あんなに無愛想で冷血漢で、花なんかにまるで興味なさそうなのに。

「人は見かけによらないって言うけど、ホントだよな」

右を向いても、左を向いても薔薇、薔薇、そのまた向こうも薔薇。

色や形は違っていても、どうやら温室の中にあるのはすべて薔薇科の植物のようだった。

初めて見る温室の花たちに囲まれるこの空間は、少し熱気《ねっき》がこもっているけれどなんだかひどく心地いい。

「……うん、気持ちいいかも」

一人椅子に座りながら、悠吾はなんとなく彼の気持ちがわかるような気がして大きく伸びをした。


が、その日の散歩が少し気分転換になったのも束の間。

「あ〜〜暇だ〜〜〜っ」

ベッドの上に大の字になってひっくり返り、悠吾は悲鳴を上げる。

確かにだだっ広い屋敷内の探検をしているうちは楽しかったが、いくら広くても三日で見終わってしまった。

かといってこの屋敷から出ることは禁止されているし、元来働き者の悠吾にとってなにもできないというのは苦痛でしかないのだ。

「あ〜〜ん、暇だよ〜〜」

屋敷と庭の見取り図は、みごとに完成した。

配置はばっちり頭の中に叩き込んである。

もともと図面や設計図を見るのが好きな悠吾は空間認知能力も人より優れているらしく、建物の間取りなどすぐに憶《おぼ》えてしまうのだ。

数えてみると、なんとこの屋敷は地下一階、地上三階含めて四十五も部屋数があった！

あとで山名に聞いたところによると、この建物の建坪《たてつぼ》だけで約八百坪あり、総敷地面積は一万二千坪（！）だそうだ。

昔は馬場や広大な菜園などもあったらしい。

屋敷の外観は洋風でクラシカルな明治時代の鹿鳴館《ろくめいかん》を思わせる造りだが、室内に置かれている美術品の数々には幕末や江戸末期時代の陶器や掛《か》け軸《じく》なども多い。

洋風なインテリアに和のテイストのアンティークな装飾品が配置されているのに、不思議とマッチしているので驚いてしまう。

古美術にはまったく興味のない悠吾にすら、この屋敷がお宝の山であることはよくわかった。

――あの骨董品屋のおじさん連れてきたら、よだれ垂《た》らして喜ぶだろうな。

オルゴールを欲しがっていた初老の男性のことをふと思い出し、そんなことを考える。

あれから、たった三日が過ぎただけなのに。

自分の境遇は百八十度も変わってしまった。

今、悠吾が着ているシャツは今まで袖を通したこともないような肌触りのよい上質な生《き》地《じ》で仕立てられていたし、食事も毎回レストランのフルコースと見まがうばかりだ。

そりゃあ、想像くらいしたことはある。

今は貧乏だけど、いつかお金持ちになっていい服を着て、いい車に乗って、おいしいご馳走《ちそう》を食べられるようになったら、どんなにいいだろうか。

けれどそれが現実になると、悠吾はその生活にたった三日で音《ね》を上《あ》げたのだ。

鷹矢の宣言通り、お抱《かか》え医師立ち会いの元にさまざまな検査を受けさせられたが、DNA鑑定も身辺調査も、結果が出るまでにはしばらく時間がかかるらしい。

――今のうちに、逃げ出しちゃうかな……。

そんな考えもちらりと頭を掠《かす》めたが、慌てて首を横に振る。

まだあの男に一矢報《いっしむく》いていないではないか。

大事な一帆を馬鹿にしたツケはきっちり払わせなければ！

でも……。

「こんな風にいい服着て、おいしいもんばっか食ってたら、俺の肝臓はフォアグラになっちゃうよ〜〜」

誰もいないのに、しばらくじたばたと駄々《だだ》をこねた後、むくっと起き上がる。

かくなる上は、いざ！

意《い》を決《けっ》し、悠吾はドアから顔だけ出して周囲をうかがい、ひそかに部屋を出る。

実はずっと企《たくら》んでいたこと。それは……。

悠吾は屋敷探検ですっかり頭に叩《たた》き込《こ》んだ配置を元に一階にある厨房《ちゅうぼう》に向かい、こっそり中を覗《のぞ》き込む。

すると予想通り、中では喜代と二人の中年女性が昼食の準備をしているところだった。

「喜代さん、喜代さん」

ドアの外からそう声をかけ、すばやく厨房に滑り込む。

「まぁ、一帆様。どうされたんですか？」

突然現れた悠吾に、彼女が驚いて駆け寄ってくる。

「なんでもないんだけど、あの、なんか手伝うことないですか？」

「え？」

「俺、今までレストランで働いてたんです。だから材料の下ごしらえとか、なんでも雑用言いつけてください！　なんにもしてないのって暇で暇で、なんか調子狂っちゃって」

明るくそう告げる悠吾を前に、喜代は目を丸くしている。

しょせん、貧乏が骨身《ほねみ》に染みついている自分に、なにもするなと言う方がムチャなんだ、と悠吾は心の中で勝手な理屈をつけた。

「そんな……一帆様に下働きをさせるなんて……鷹矢様に叱られてしまいます」

「あいつには俺から言っとくから、平気平気。これ、洗っちゃっていいんだよね？」

「え、ええ……」

まだとまどっている喜代を尻目《しりめ》に、悠吾はちゃっかり持参してきたバンダナをかぶり、シャツの腕まくりをしてシンクに溜《た》まっている鍋を洗い始めた。

仕事を与えられると、とたんに萎《しお》れた花が水を吸って生き返ったような気分になってくる。

なにもしないというのは、働き者の悠吾にとっては拷問に近い仕打ちなのだ。

「まぁ、一帆様、お皿洗いもずいぶん慣れてらっしゃるんですね」

「うん、働き始めた頃は、それこそ毎日皿洗いばっかでさ。洗剤で手が荒れちゃって参ったよ。でも、うまいだろ？」

「ええ」

言うなり、喜代はなぜかエプロンの端を目元に当てている。

「ご苦労なさって……」

「そんなことないよ。マスターも奥さんもすごくいい人でよくしてもらったもん。あ、でもこの不況でお店を手放《てばな》すことになっちゃって、今大変なんだ」

「まぁ、そうだったんですか」
なにげなくしゃべってしまってから、今の話は『悠吾』の境遇だったと気が付いてはっとする。

――けど……いっか。どうせすぐバレることだもんな。

自分の嘘がバレるのは時間の問題だと開き直っている悠吾は、あまり気にしないことにした。

「俺さ、なんにもしないでただ世話になりたくないんだ。大した働きは出来ないけど、自分の食い扶持《ぶち》くらいは労働で返したいっていうか、そういうカンジなんだ」
「一帆様……」

すると、喜代がハンカチで目元を押さえた。

「今まで本当にご苦労なさったんですね……でも、いい子にお育ちになって……ようございました」

どうやら、この老婦人は年のせいか涙もろくなっているらしい。

「ちょ、ちょっと、やめてよ。そんなんじゃないって!」

と、その時、厨房に内線電話がかかってきた。

中年女性が出て、電話を終えた後急いでふりかえる。

「鷹矢様がお戻りになられたそうです。いつも通りお茶の支度をとのことでした」

「あら、今日は屋敷には寄られないとおっしゃってたのに。まぁ大変」

と、喜代と女性は慌てて紅茶の支度を始める。

真っ白いティーポットに、おそらく鷹矢の好みなのだろう、数種類の茶葉《ちゃば》をブレンドし、たっぷりとお湯を注いで蒸らすためにポットカバーをかける。

「それ、温室持ってくんだろ？」

「え？　ええ」

「俺、持ってくよ。ついでにあいつに話つけとくから」

どう対処していいかわからずうろたえている女性からお茶の道具一式の載った銀のトレイを受け取る。

食器と合わせるとそれなりの重量になるトレイをワゴンに乗せ、屋敷内から温室に一番近い裏口へと向かう。

ガラガラとワゴンを押して温室に近付いていくと、鷹矢はこないだと同じようにシャツの袖をまくった格好で水を撒いていた。

が、ワゴンを押す悠吾の姿に気付くと、ややあっけに取られた顔で水道の蛇口《じゃぐち》を閉める。

「なんだ、その格好は」

「喜代さんのお手伝い。だって暇で死にそうなんだもん」

それを聞いて、鷹矢は複雑な顔をした。

彼がなにか言う前に、急いで付け足す。

「だって、屋敷から出ちゃいけないって言ったの、あんただろ。手伝いしてるだけなんだから文句言うなよな」

そう畳《たた》み込んでやると、鷹矢はいかにも小言を言いたげなのを呑み込んだ。

が、一言。

「おまえは手伝いのつもりだろうが、実際のところ足手まといでないといいんだがな」

皮肉るのだけは忘れない。

再び背中を向けて水を撒き始めた彼に『イ〜〜っ』と歯を剝《む》き出してやってから、悠吾はテーブルの上にお茶を用意する。

正式な作法や置き方などは知らなかったが、見よう見真似《みまね》で喜代がしているのと同じようにやってみると、なんとかそれらしくなった。

が、準備が出来ても、鷹矢は依然として水を撒き続けている。

この広大な温室内にある無数の鉢に均等に水が行き渡るようにするのだから、なかなかコントロール能力が必要な作業だ。

――なんか、面白そうかも……。

見ているうちに、だんだんやりたくなってくるのが好奇心旺盛な悠吾ならでは、だ。

「な～～せっかく喜代さんが淹《い》れてくれたんだからさ、冷《さ》めないうちに飲めば？」

そう声をかけると、ようやく鷹矢は手を洗ってこちらへやってきた。

その隙に、さりげなく声をかけてみる。

「あんたがお茶飲んでる間に、俺が撒いてやろっか？」

ところが、

「けっこうだ。これにはコツがあるから、おまえには無理だ」

優雅にカップを口に運びながら、けんもほろろに断られてしまう。

そうなると意地になるのが、これまた悠吾のいけないところ。

「なんだと!?　やらせもしないのに出来ないなんて決めつけんなよなっ！　こう見えても、俺器用なんだぞ？　な～～やらせろってば～～」

その場で地団駄踏んでやると、埃《ほこり》が立つ、と鷹矢が顔をしかめる。

「わかった。なら、やってみろ」

「やっりぃ～～！」

パチンと指を鳴らし、悠吾はいそいそとホースを手に蛇口をひねる。

慎重《しんちょう》にホースの口を指で絞《しぼ》り、狙《ねら》いを定《さだ》めて放水《ほうすい》する。

すると、弧《こ》を描《えが》いた水は狙い通りの鉢に入ってくれた。

「はは、やった！」

自己申告通り、悠吾が器用だったのが意外だったのだろう。

鷹矢はじっとその作業を見守ってはいたが、なにも口は出さなかった。

なので悠吾も調子に乗って、そのまま水を撒き続ける。

温室の中を、水が弾《はじ》ける静かな音だけがこだまする。

紅茶の味と香りを楽しむように、鷹矢はなにごとかを思案しながらなにも喋らない。

その沈黙がなんとなく居心地が悪くて、悠吾は口を開いた。

「なぁ、あんたんちって食事って別々に摂《と》るのが当たり前なわけ？」

前から気になっていたことを訊《き》いてみると、鷹矢は頷《うなず》く。

「そうだ。私が子供の頃から食事は給仕がついてそれぞれの部屋で摂っていた。それがどうした？」

「どうしたって……家族そろって食卓を囲むのがふつうの家族なんじゃねえの？　変わってるなって思って。俺はどんなうまいもんでも、一人で食うとおいしくないと思うからさ。俺さ、養護院にいる頃大好きなおやつがあって、それっていちごのショートケーキなんだけど、いつだったか一人で食べた時はあんまりうまくなかったんだよな。で、その時初めて養護院の仲間や先生たちといっしょに食ってたからうまかったんだってわかったんだ」

なにげなくそんな話をすると、鷹矢が一瞬沈黙した。

そして、唐突《とうとつ》に。

「それは、私といっしょに食事を摂りたいということか？」

などと言い出すので、悠吾は面食らってしまう。

「……え？　いや……そういうわけじゃ……」

ないんだけど、と言うより先に、鷹矢が言った。

「わかった。私が仕事で遅くならない日は同じ部屋で食事をするように山名に手配しよう。それでいいな？」

「…………うん」

本当に、そういう意味じゃなかったのに。

なんとなく釈然《しゃくぜん》としないながらも、悠吾は自分で言いだした手前頷くしかなかった。

そして、きっと鷹矢は、ようやく見つかったたった一人の異母兄弟《いぼきょうだい》と少しでもコミュニケーションを取るべきだと考えているのだろう、と思い当たる。

父親が亡くなったのは知っているが、この屋敷に彼の母親の影はない。

少なくとも、今いっしょに暮らしていないのは確かなのだろう。

「……あのさ、お母さんとはいっしょに住んでないの？　まだ一回も見たことないんだけど」

さりげなくそう尋ねると、鷹矢はこともなげに言った。

「母は三年前に亡くなった。使用人を除けばこの屋敷に住んでいるのは私一人だ」

「……そうなんだ」

両親がすでにいないという点では鷹矢も自分と同じ境遇なのだと知ると、なんとなく親近感のようなものを感じる。

とすると、彼にとって、『一帆』はたった一人の家族ということわけだ。

——家族、か……。

両親を事故で亡くしてから自分には無縁だったその単語に、なんとなく胸の辺りが温《あたた》かくなるような錯覚《さっかく》に陥《おちい》る。

——ダメじゃん、俺……ホントは一帆じゃないのに。嘘ついて、こいつのこと騙《だま》してるのに。

その現実を思い出してしまうと、とたんに頭から冷水を浴びせられたような気分になる。

が、そんな悠吾の気持ちも知らず、鷹矢は腕時計で時間を確認して立ち上がった。

「そろそろ戻らなければならない。そのままにしておいていい」

あとは山名に頼むから、と彼が付け加える。

そう言われ、悠吾は思わず反射的に叫んでいた。

「い、いいよ、残りは俺がやっといてやるから。行っていいよ」

すると鷹矢は、一瞬驚いたような表情を浮かべたが、それはやがて苦笑に変わった。

「やりすぎるなよ」

「わかってるよ」

足早《あしばや》に温室を後にする彼の背中を見送りながら、水やりを手伝うのは嘘をつき続ける罪悪感の表れかもしれない、と悠吾は思った。

——どうしようかな……これから。

一人ため息をつき、悠吾は再び自分に任《まか》された水撒きを始めた。

◆
◆
◆

御園崎鷹矢の屋敷に、突然異母兄弟が舞い込んできてから、一週間が過ぎた。

「おかえりなさいませ、鷹矢様」

「ああ」

鷹矢はその日も移動の合間のわずかな時間に屋敷に立ち寄ると、喜代の出迎《でむか》えを受け、廊下を進む。

すると。

「もうそろそろだよ。喜代さんは？　喜代さ〜〜ん」

庭の方からなにやらにぎやかな声が聞こえてきた。

「今鷹矢様の出迎えに行ってるんです。お静かに」

「え？　鷹矢帰ってきてるの？」

「鷹矢、ではなく、鷹矢様でしょう。何度言えばわかるんですか」

「い〜じゃんかよ、あいかわらず固いんだから、山名さんは」

「固いのではありませんっ、私は鷹矢様が生まれる前からこちらの御園崎家にお仕《つか》えする身で……」

「あ〜それもう十回くらい聞いた。江戸時代から代々《だいだい》鷹矢んちに仕える家柄《いえがら》なんだろ？」

「だから、鷹矢様だと言ってるでしょう！」

執事の山名と悠吾のやりとりが筒抜《つつぬ》けだったので、鷹矢は思わず苦笑を誘われる。

「ずいぶんとにぎやかだな」

「本当に、一帆様がいらっしゃってから屋敷の中に花が咲いたようですわ。今日は伐採《ばっさい》した枝がたくさんあるから焼き芋をするんだとおっしゃって」

「……真夏に焼き芋？」

「ええ、以前刈り込んだものを日干《ひぼ》しにして乾燥させていたんですよ」

言われてみると、焚《た》き火の燻《いぶ》した匂いがかすかに流れてくる。

鷹矢と喜代が庭に向かうと、悠吾は木の枝で焚き火をつつき、山名はその脇で苦虫《にがむし》を噛《か》み潰《つぶ》したような表情で立っていた。

そして、鷹矢の姿に気付くと、山名が深々と頭を下げる。

「申し訳ありません、鷹矢様。この優雅なお庭で焼き芋などと……どうしても、と聞かないものですから」

「なんだよ、こんなに大量の枝、どうせ捨てるだけなんだからさ、廃物《はいぶつ》利用だよ、廃物利用！　もったいないだろ。ほら、焼けた！」

と、悠吾は首に巻いたタオルで汗を拭《ぬぐ》いながら、嬉々《きき》として木の枝でアルミホイルに包んださつまいもを掻《か》き出した。

「あちちっ、ほら、ホクホクだよ」

と、軍手をはめた手で丸々と太いさつまいもを二つに割り、喜代と山名に差し出す。

「はい、鷹矢も食べなよ、おいしいよ」

「鷹矢様は焼き芋など召し上がったことがないのですっ」

「え〜〜？　焼き芋食べたことないの？　変わってる」

「口の利き方に気をつけなさいと言うのにっ……」

再びお小言《こごと》を始めようとする山名を遮《さえぎ》って、悠吾は自分も焼き芋にかぶりついた。

「あ、うま～い」

「本当においしいですわね」

喜代と二人しておいしそうに頬張《ほおば》るのを見て、山名も手元のそれに視線を落とす。

「……食べ物を粗末にするのは、バチが当たりますからなっ」

そう言い訳し、彼はしかめっ面のまま焼き芋を頬張った。

「…………うん、うまい」

「でしょ？」

これでその場に居合《いあ》わせた中で、焼き芋を手にしていないのは鷹矢だけになった。

自然、一同の視線は彼に集中し、気まずい沈黙が流れる。

「食べないの？」

まったく悪意のない悠吾の問いに、鷹矢は一瞬返事に詰まった。

この子を前にすると、どう反応を返していいかわからない場面にたびたび遭遇《そうぐう》しているような気がする。

「……私はけっこうだ。着替えてくる」

「あ、それじゃ私も……」

喜代が付き添おうとするのを、片手を挙げて制す。

「一人で大丈夫だ」

それ以上言葉をかけさせる隙を一切与えず、鷹矢は踵《きびす》を返した。

去っていく鷹矢の後ろ姿を見送り、悠吾はべぇっと舌を出す。

「ふ〜んだ、あいかわらずスカしてるよな」

「そんなことをおっしゃってはいけませんよ、一帆様。鷹矢様は一帆様の様子を見るためにわざわざ屋敷に戻ってらっしゃるんですから」

「え……？」

喜代にたしなめられ、悠吾は驚く。

「……まさか。あいつは薔薇に水をやるために戻ってるんだろ」

「もちろんそれもあるでしょうけど、以前より頻繁にお戻りになられるようになったのは、一帆様がこのお屋敷にいらしてからですよ。鷹矢様は愛情表現の不器用な方ですから、ご自分の口からはおっしゃらないでしょうけど」

我が子のように手塩《てしお》にかけて育てたからこそ、そんな不器用さまでが愛《いと》しいのだろう。

鷹矢が可愛くてたまらない、と言うように、喜代が微笑んだ。

——そんなの……知らなかった。

ただ無口で無愛想で、意地悪な奴だとばかり思い込んでいた。

「旦那様が亡くなられたばかりで、鷹矢様の肩にはこの由緒《ゆいしょ》ある御園崎家が重くのしかかっている。この大変な時期に気にかけていただいているというのに、バチが当たりますよ。一帆様っ」

と、山名は焼き芋を握りしめたまま、怒っている。

どうやらこの二人は、熱狂的鷹矢信者らしい。

人生の酸《す》いも甘いも噛みわけた彼らが心酔《しんすい》するのだから、鷹矢はそれなりの資質がある人間なのだろう。

──なんだ、家族はいなくたって、いい人たちに恵まれてるじゃんか。

と、悠吾はなんとなくほっとしている自分に気付いて、慌てて否定する。

──もっとも、俺が心配してやることじゃないけどさっ。

「これからがまた大変ですわね、鷹矢様は……」

「そうですな……」

喜代と山名の表情が曇《くも》ったので、不思議に感じる。

「なんで？　跡を継ぐってそんなに大変なことなの？」

「……ええ、まぁ」

と、二人は言葉を濁《にご》し、それ以上語ろうとはしなかった。

その時、悠吾はまだ知らなかったのだ。

まったく意識していないうちに、すでに自分が台風の目となっているということを。

庭で話し続けている彼らの姿を、鷹矢は自室のある三階の窓から見下ろしていた。明るい日の光の下で、屈託《くったく》なく一帆が笑っている。

喜代の言う通り、まだたった一週間だというのに、彼はなんの違和感もなく周囲に溶け込んでいた。

その笑顔を目《ま》の当たりにするたびに、鷹矢は自分が不思議な感情に囚《とら》われ始めているのに気付く。

事実、あの口うるさい山名でさえ彼には形無《かたな》しだし、喜代にいたっては口を極《きわ》めていい子だと誉《ほ》めちぎっている。

なぜだか、もうずっと以前から彼がこの屋敷に住んでいたような錯覚さえ受けてしまうから不思議だ。

あの厳格だった父の最期の願いということで、八方手を尽くして探したものの、早瀬百合とその息子、一帆の行方はようとして知れなかった。

それが向こうからやってきた時には、今までさんざん汚れた大人の世界を見てきたせいか、鷹矢は彼に遺産目当てだろう、などとひどい言葉を投げつけてしまった。

まだ検査結果は出ていないが、あのオルゴールを持っていたのだから十中八九《じゅっちゅうはっく》本人であることに間違いはないだろう。

父、鷹昭と早瀬百合が愛人関係にあった当時、まだ鷹矢の母である笙子《しょうこ》はもちろん健在だった。

名家によくある通り、父と母は家柄のためだけの政略結婚で元々愛情はなかったのだが、名家出身の母はひどくプライドの高い女だった。

夫の浮気には当初目をつぶっていたものの、やがて愛人との間に生まれた子を認知すると切り出され、笙子は怒り狂った。

そして興信所に調べさせ、早瀬百合の居所を突き止めた笙子は大金を積み、夫の前から消えるように無理矢理迫《せま》ったのだ。

自分の存在が恋しい男の足を引っ張るのだと自覚した早瀬百合は、まだ赤ん坊だった一帆とともに鷹昭の前から姿を消した。

当時、鷹矢はまだ十一だったが、毎晩のように両親の諍《いさか》いを聞かされ、耳を塞《ふさ》ぐように夜を過ごしていた。

自分の両親が愛のない結婚をしたことは、子供ながらに薄々《うすうす》感じ、なぜうちは他の家と違うのだろうと考え続けてきた。

父は早瀬百合の消息を狂ったように探したが、彼女も、そして認知するはずだった子供も見つからず、いつしか十数年が過ぎた。

そのうちにますます夫婦の仲は冷え切り、やがて笙子は別邸に移り住み、戻ってこなくなった。

――御園崎家の跡継ぎを産んだのだから、もう私の役目は終わったでしょう。

母がこの屋敷を出ていった日の捨てゼリフが、今でもまざまざと脳裏によみがえる。

そしてほとんど会うこともなくなり、その面影《おもかげ》を忘れかけた頃、唐突に自動車の追突事故に巻き込まれて死んでしまったのだ。

名家のしきたりに沿い、乳母《うば》たちや喜代に育てられた鷹矢は、父と母に愛されて育ったという実感がまるでなく、抱きしめられた記憶も遊んでもらった記憶もほとんどなかった。

が、あの時の母の言葉を聞いた瞬間、彼女にぎゅっと抱きしめてもらえなかった理由が初めてわかったような気がした。

家のために結婚を強《し》いられた母にとって、自分を産んだのは、名家に嫁《とつ》いだ妻としての役目を果たすための義務でしかなかったのだと。

あの日から、鷹矢は子供ながら心の奥底にいつも冷たいものを抱えるようになった。

御園崎家の嫡男《ちゃくなん》として、どこへ出ても恥ずかしくないように。

すべてはその名目《めいもく》のために、優秀な家庭教師をつけられ、名門校へ通い、他の友達とちがって幼い頃から遊ぶことも許されずにマナーや帝王学を叩き込まれて育ったが、それも唯々諾々《いいだくだく》と受け入れた。

自分の存在意義はそれしかないのだから、従うしかない。それが子供ながらに、鷹矢が導き出した結論だったのだ。

そして周囲の期待通り、鷹矢はどこへ出ても恥ずかしくない優秀な御園崎家の次期当主《じきとうしゅ》となり、大学院を卒業後は父の下でその辣腕《らつわん》をふるうようになった。

筋金入りのサラブレッドである彼の周囲には、人が涎《よだれ》を垂らしてうらやむほどの一級品の女性たちが群がったが、鷹矢は綺麗に遊ぶ術《すべ》を心得《こころえ》ていて、誰にも深入りはしなかった。

彼女たちが欲しいのは、御園崎家の跡継ぎとしての自分だけ。

それにいつかは、父と同じように家柄だけの結婚をしなければならない。

その現実は、鷹矢を常に冷めさせた。

一時の愛情など、なんの意味も価値もない。

血の繋《つな》がった肉親でさえ自分を捨てていくのだから、他人など信じられるはずもないのは道理だった。

そんな毎日の中、ある日突然父が心臓病であっけなく死んだ。

御園崎家当主としての重圧に耐えかねた、精神的疲労がかなり死因に関わっているはずだった。

――百合と、一帆を探し出してくれ。私の最期の頼みだ。

いまわの際《きわ》の父の言葉は、亡くなった母のことでもなく、自分のことでもなく、この十数年会うこともなかった愛人と子供のことだった。

父までが、自分よりも赤ん坊の頃から会ったこともない異母弟の方が可愛いのだと、痛みを感じなくなったはずの鷹矢の胸を鈍《にぶ》く痛ませた。

――わかりました。

力強くそう答え、手を握ってやると、父は安心したように笑った。

もしかしたら、鷹矢が目にした、初めての笑顔かもしれなかった。

そして間もなく彼は息を引き取り、それからしばらくは葬儀や諸々《もろもろ》の後始末で鷹矢は目の回るような毎日だった。

早瀬親子の捜索を興信所に依頼はしたものの、手がかりはない。

これから遺産相続で親類縁者と大揉めに揉めることが予想される中、あらたな相続資格者を捜し出すということがどういうことなのか、鷹矢はよく承知していた。

それを押してまで動いたのは、父の最期の頼みということももちろんあったが、なにもかもどうでもよくなったというやや投げやりな気持ちがあったのかもしれない。

突然現れた遺産継承者に、あの金の亡者と化した親戚たちがどんな顔をするのか見物《みもの》だと思った。

そして、予想に反して一帆は突然彼の前に現れた。

自分の異母弟がどんな人間なのだろう、と想像くらいしたことはある。未婚の母を早くに亡くし、養護院で育ったという彼は、さぞかしすさんでいるだろうという鷹矢の想像とはちがい、驚くほどまっすぐな瞳をした子供だった。

表情がくるくると変わり、本気で怒り、屈託なく全開で笑う。

感情を露《あら》わにするのは下品なことだと教えられて育った鷹矢にとって、それは驚異だった。

そして今も、得体《えたい》の知れないおもちゃを遠巻きに眺める子供のように、鷹矢は一定の距離を置いてその『異母弟』を観察している状態だ。

一人っ子で、幼い頃から大人たちに囲まれて成長してきた鷹矢には、十も年下の少年をどう扱《あつか》ってよいのか皆目《かいもく》見当もつかないのだ。

が、何度か話をするうちに、鷹矢には彼が遺産目当てにここにいるのではないような気がしてきた。

なにがどうと、うまく説明はできないのだが。

――だが、金じゃないとするとなんだって言うんだ……？

そこまで考え、ふとこのあいだ交《か》わしたなにげない会話を思い出す。

母親を亡くし、たった一人になってしまった彼は、ひょっとして家族が欲しかったからここに来たのではないだろうか？

育った環境も立場もちがうが、家族の温《ぬく》もりに飢えて育ったところだけ共通しているとは、これ以上の皮肉はないかもしれない。

――いずれにせよ、これからが、修羅場《しゅらば》になるな……。

窓の下には、眩《まぶ》しくて思わず目を細めてしまう少年の笑顔がある。

重いため息をつきながら、鷹矢はネクタイを外した。

◆　◆　◆

焼き芋の一件の、翌日のことだ。

「一帆様、鷹矢様が夕食をごいっしょに、とのお電話が入りましたので、お部屋へお戻りください」

喜代がそう告げた後、ぽかんとしている悠吾を尻目に慌ただしく厨房へと駆け込んでいく。

急な話なので、シェフに連絡に行くのだろう。

――鷹矢の奴……あいかわらず勝手なんだよな。人の都合も聞けっつうの。

暇で暇でしかたがないと愚痴っていたくせに、悠吾はそんなケチをつけてみる。

口先だけかと思っていたが、どうやら敵はこないだの約束を律儀《りちぎ》に守るつもりらしい。

一応先に部屋に戻ってはみたものの、やはりなんとなく落ち着かない。

――な、なんか緊張するかも……。

そわそわと歩き回っていると、ふいにドアをノックされ、飛び上がる。

「は、はい！」

答えると同時にドアが開き、鷹矢が入ってきた。

どうやら帰宅してそのまま直行してきたらしく、まだスーツ姿のままだ。

「……喜代は？」

「今準備してるみたいだぜ。あんたが急に無理言うから」

やや非難がましく言ってやると、鷹矢は驚いたような顔をした。

たぶん、生まれてこのかた彼のやることに文句をつけるような人間はいなかったのだろう。

――けど、俺はちがうもんね。かまうもんか。

と、悠吾は重ねて言ってやる。

「もっと前もって言ってあげないとさ、食事作る人たちだって大変じゃんか。かわいそうだろ」

鷹矢の眉間に、深い皺が刻まれる。

「……おまえがいっしょに食事をしたいというから、忙しい合間を縫《ぬ》って戻ってきたのにそれか。迷惑だったかな」

「そうじゃない。そうじゃないけど……喜代さんも山名さんも年だし、かわいそうかなって思っただけ」

思わずそう答えると、鷹矢は沈黙した。

――あ〜〜怒るぞ、きっと。そいでもって、『私のやることに文句があるなら出てけ』とか言うんだぜ。

そうしたら、望むところだ、とトンズラしてやることにしよう、と悠吾が考えた時。

次に続いたのは、予想もしなかった言葉だった。

「……そうだな。次から気をつけよう」

「……え？」

「私が新しい使用人を嫌がるから、あの二人にはいつまで経っても引退させてやれない。それは悪いと思っている」

それだけ言うと、鷹矢はセッティングされたテーブルに着いた。

ほどなくして、銀のワゴンを押した喜代が料理を運んでくる。

「お待たせしてしまって、申し訳ありませんでした」

恐縮し、頭を下げる彼女に、鷹矢は言った。

「いや、無理を言ってすまなかったな」

「鷹矢様……」

「ありがとう。給仕はいらない。呼ぶまで下がっていていいから」

「はい」

どことなくふだんとちがう主人の態度にとまどいを残しつつ、料理をサーブした喜代は一礼して部屋を出て行った。

「なにしてる。席に着きなさい」

「あ、う、うん……」

言われてようやく、彼の向かいに用意された椅子に座る。

差し向かいで摂る、二人きりの食事。

――うっわ～～緊張する！

唯一の救いだったのは、今日のメニューが複雑なカトラリーが何本も並ぶフレンチではなく和食膳《ぜん》だったことだろうか。

綺麗な箸《はし》使いで淡々と食事をする鷹矢に、悠吾はおそるおそる上目遣《うわめづか》いに様子を窺《うかが》う。

すると。

「楽しいか？」

唐突に、鷹矢が言った。

「……へ？」

「私といっしょに食事をして、楽しいか？」

非常に微妙な質問をされ、悠吾は箸を握りしめたまま思わず硬直する。

それでも、

「う、うん。俺、一人でメシ食うの好きじゃないから」

考え考えそう答えると、鷹矢はいったん目線を上げて悠吾を見た。

「そうか」

短く言った彼の口元が少し緩《ゆる》んだように見えたのは、気のせいだろうか。

それから、再び沈黙が訪れ、他にすることもないので悠吾はひたすら黙々と箸を口に運び続ける。

気まずい、ひじょ～～に気まずいけれど。

——なんか、思ってたほどイヤじゃないかも。

めちゃくちゃ緊張するし、堅苦しくはあるけれど、鷹矢といっしょにいるのはなんとなく落ち着くのだ。

——ヘンなの……こいつは俺と一帆の天敵なのにな。

自分でもよくわからないので、首をひねって悩んでいると。

食事を終えた鷹矢が、再び話しかけてきた。

「……まだなにも、詳しい話をしていなかったな。おまえが幾つの時に百合さんは亡くなったんだ？」

「え……十歳だけど」

これは自分が一帆かどうか判定するための質問なのか、とさっと緊張が走る。

が、とりあえず一帆から聞いていた通りに答えると、鷹矢はそうか、と言っただけだった。

「それからずっと施設で育ったのか？」

「……うん」

こっくりすると再び鷹矢が沈黙したので、悠吾はなんだかイライラしてくる。

「ヘンな同情すんなよな。そりゃあ、あんたから見たら不幸かもしんないけど、俺はそれなりにしあわせだったんだから」

そう、一帆も自分も、できる限りのことを一生懸命にやって、精一杯生きてきた。

憐《あわ》れまれるのは我慢できなくて、つい虚勢《きょせい》を張《は》ってしまう。

すると。

「同情なんかしてない。質問しただけだ」

とのつれない返事。

「あ〜〜そ〜ですかっ！」

——前言撤回《ぜんげんてっかい》！　やっぱこいつヤな奴だ！

悠吾がそっぽを向いてプリプリしていると、部屋のドアが控《ひか》えめにノックされた。

ノックの主は、執事の山名だった。

「鷹矢様」

「なんだ、山名」

「泰昭《やすあき》様ご家族が突然いらしたんですが……いかがいたしましょう？」

山名の言い方から、彼らが招かれざる客であることは悠吾にもわかった。

「そうか」

が、鷹矢はまるで予期していたように、一瞬も迷うことなく椅子から立ち上がった。

そして、悠吾をふりかえって、一言。

「おまえはここにいろ。ぜったいに部屋から出るんじゃないぞ。いいな？」

一方的にそう言い放ち、悠吾の返事も待たずに山名とともに出て行ってしまう。

「……なんだよっ、もう！」

腹が立つので一人地団駄を踏んでみるが、誰も見ていないので馬鹿らしくなってすぐに止《や》める。

それでも、しばらくは言われた通り大人しくしていたが、その忍耐もたった十分しか保《も》たなかった。

「……覗いてやる」

鷹矢に後で叱られるのと、来客を覗き見するのとを天秤《てんびん》にかけ、好奇心の方が断然勝ってしまった悠吾は、目をランランと輝かせてそっと部屋を抜け出す。

来客を通すのは、きっとあの応接間だ。

この一週間ですっかり把握してしまった道順を辿《たど》り、喜代や山名に見つからないよう細《さい》心《しん》の注意を払って一階へと降りていく。

山名が見張っているかと思いきや、幸い応接間の前には誰もいなかった。

「よいしょっと……」

なので、室内の話が聞こえるように、こっそりドアを細めに開きながら中を覗き込む。

すると。

「いったい、どういうつもりなんだね、鷹矢」

恰幅《かっぷく》のよい初老の男性が、応接間のソファーから身を乗り出すようにして大声を張り上げていた。

「聞いたところじゃ、兄さんの愛人の子を探し出して引き取ったそうじゃないか！」

鷹矢の父を兄と呼ぶなら、必然的に彼が鷹昭氏の弟である泰昭氏ということになるのだろう。

広間に飾られた写真で見るかぎり、鷹昭氏は紳士然とした気品ある風貌《ふうぼう》の持ち主だったが、この泰昭はどこか金銭欲にぎらぎらしているところは否《いな》めなかった。

「本当に、親戚内での財産分与《ぶんよ》もまだだというのに、そんなどこの馬の骨ともしれない子供を連れてくるなんて、正気の沙汰《さた》とは思えませんけど」

そう皮肉たっぷりに言ったのは、けばけばしく悪趣味なツーピース姿の女性。どうやら、これが妻らしい。

その隣には二十三、四の、金のかかった身なりはしているものの、どこか全体的に崩れた雰囲気のする遊び人タイプの青年も座っている。

親子三人、雁首揃《がんくびそろ》えてやってきたということは、自分のことがかなりの大事《おおごと》になっているのだと、悠吾もやっと置かれた立場を理解する。

「鷹矢もさ、伯父《おじ》さんの跡継ぐのが大変でちょっとパニックになってるんじゃないのか？　御園崎財閥を背負うには、まだまだ力不足だろうしな」

慣れ慣れしげなくせに毒を含んだ彼の言葉にも、鷹矢は眉一つ動かさない。

「まだ父の子と決まったわけではありません。現在鑑定結果待ちの状態です」

「そんなものはどうだっていい！　問題なのは君がそんな子供を探してきたってことにあるんだよ。万が一、その子供が兄の子だと証明されたら、いつか君の当主としての座を危《あや》うくするかもしれんのだぞ？　そんな危険をなぜ頭のいい君が冒《おか》すのか、私には理解できんよ」

鷹矢の叔父《おじ》の言葉に、悠吾ははっとする。

そうだ、どうして今までそんな簡単なことに気付かなかったのだろう。

愛人の子とはいえ、一帆の存在は鷹矢の当主としての座を脅《おびや》かす。

それは確かな事実だ。

ならばなぜ、鷹矢はそれを承知で一帆を探したのだろう……？

思わず愕然として後じさると、うっかり踵《かかと》が花瓶の載った台にぶつかってしまった。

――や、やばいっ……！

「誰だ!?」

鋭い声とともに中から扉が開かれ、泰昭が飛び出してくる。

「なんだ、きみは」

「あ、あの……」

「いったい、なんの騒ぎなの？」

続いて彼の妻と息子らしき青年も廊下へ出てきた。

一斉《いっせい》に注目され、悠吾は思わず背筋に冷たいものが伝《つた》うのを感じる。

すると最後に出てきた鷹矢が、悠吾を見て一瞬眉をひそめた。

「一帆、なにをしている。部屋へ戻りなさい」

慢する。

「なんだと？　この子が例の愛人の子なのか？」

愛人の子、というあからさまな侮蔑《ぶべつ》を含《ふく》んだ言いぐさに内心かっとするが、なんとか我慢する。

「へえ、さすが鷹昭伯父さんを夢中にさせた女の子供だけあるね。可愛い顔してる」

と、いきなり息子に無遠慮に顎《あご》に手をかけられて上向《うわむ》かされる。

「な、なにすんだよっ！」

かっとなり、思わずその手を払いのけると、彼はわざとらしく両手を上げて降参《こうさん》してみせる。

「お～怖い怖い。やっぱり躾《しつけ》がなってないな」

「なんだと!?」

「やめなさい、一帆」

間に入った鷹矢に制され、悠吾はぎゅっと唇を噛みしめた。

「友哉《ともや》も、ぶしつけだぞ」

「へえ、ずいぶん庇《かば》うじゃないか、鷹矢。さてはおまえも伯父さんと同じタイプに弱いのか？」

挑発され、鷹矢の瞳に強い憤《いきどお》りが走る。

「……どういう意味だ、それは」

「言葉通りの意味さ。遊びはほどほどにな」

続柄《ぞくがら》でいえば二人は従兄弟《いとこ》になるが、どうひいき目に見ても元々仲がいいようには思えない。

友哉と呼ばれた青年は、なぜか鷹矢に強い敵対心を抱いているようだった。

「とにかく、我々はその子を御園崎の籍に入れるのは反対だからなっ！　それだけは念頭に置いておいてもらおうか。さぁ、帰るぞ」

そう居丈高《いたけだか》に言い放ち、泰昭は妻と息子を従えて応接間から出て行った。

「……っ……」

悔しかった。

なにも悪いことをしていない、あの優しくて素直な一帆が、こんな風に愛人の子と蔑《さげす》まれなければならないことが、ただ悔しくて、悠吾は大粒の涙をぽろぽろと零した。

「一帆」

泣いているのを見られたくなくて、鷹矢がこちらへやってくる前に応接間を飛び出す。

そのまま階段を駆け上がり、自分の部屋に飛び込むと、悠吾はベッドの中に潜《もぐ》り込んで声を殺して泣いた。

いったい一帆がなにをしたというのだろう。

子供は親を選んで生まれてくることはできないのに。

養護院出身ということで、自分たちを馬鹿にした人間をいつか見返してやるんだという気概《きがい》だけを胸に、今日まで頑張って生きてきた。

悠吾にとって、一帆への侮辱は自分へのそれと同じ痛みだったのだ。

せめてもの救いは、あの暴言《ぼうげん》を一帆自身が聞かないで済んだということだろうか。

それから、どれくらいそうしていたのだろうか。

部屋のドアが控えめにノックされ、悠吾は泣き腫《は》らした顔を弾かれたように上げる。

「入るぞ」

返事をしないでいると、鷹矢がそう言って本当に勝手に入ってきた。

「……なんの用だよ」

八つ当たりだとわかっていたけれど、他にどうしようもなくて悠吾はそっぽを向いて唇を尖《とが》らせる。

それを無言で見つめていた鷹矢が、ふいに右手を伸ばす。

出てくるなという言いつけを破ったから、ぶたれるのかもしれない。

反射的に、思わずぎゅっと目をつぶってしまったのだが。

温かく、大きな手のひらでそっと頭を撫でられ、悠吾はその感触に驚いて顔を上げる。

「嫌な思いをさせたな。連中のことは気にすることはない。今日はもうこのまま寝るといい」

　思いのほか、鷹矢の声が優しかったので、なぜだかまた涙がこみあげてくる。

「おやすみ」

　それだけ告げ、鷹矢が部屋から出て行こうとしたので、悠吾は思わず叫んでしまった。

「なんで、あんたが謝るんだよ？」

「一帆……？」

「あの人の言う通りだろ。俺、あんたの邪魔になるかもしれないのに、なんで探したんだよ!?」

　鷹矢は、いつもの無表情でただじっと悠吾を見つめていた。

　そして、

「……おまえだって、こんな嫌な思いをするとわかっていながらここへやってきただろうが」

　言われて、悠吾ははっとする。

　鷹矢は『一帆』が自分から御園崎邸に出向いてきたと思っているのだから、当然だ。

「そうだな……血を分けた家族というものが欲しかったからかもしれない。きっと、おまえと同じ理由だ」

「鷹矢……」

「おまえを引き取ったからには、できるだけのことはしてやるつもりだ。近いうちに、学校へ入学する手続きもしよう」

その言葉は思いもかけなくて、悠吾は混乱する。

自分は、嘘をついている。自分は、一帆ではないのに。

正体がバレる前に逃げ出すつもりでいるのに、彼は鑑定結果を待つまでもなく、そこまで考えていてくれていたのだ。

初めてそれを知ると、悠吾の良心はズキリと痛んだ。

「大丈夫か？」

「…………うん」

ぐすっと鼻をすすり、悠吾はこっくりする。

なぜだか胸がドキドキして、鷹矢の顔が見られなかった。

そして再び、鷹矢が部屋のドアに手をかけようとするのを見送るうちに、言いようのない寂しさに襲われる。

「……待って！」

思わずベッドから飛び出し、彼の背中にしがみついてしまう。

「一帆……？」

「きょ、今日は一人じゃ寝られないっ……いっしょに寝て！」

自分で言ってしまってから、恥ずかしさでかっと頬が上気《じょうき》する。

「……え……？」

案の定、鷹矢も突然の申し出に困惑《こんわく》している様子がありありと伝わってきた。

「い、いいじゃんかよ、俺らは兄弟なんだからっ！　そりゃ、いっしょに育ってはこなかったけど、いっしょに寝るくらいっ……」

照れ隠しもあって、悠吾はむきになってそう弁解する。

するど。

「わかった。なら、寝間着に着替えたら私の部屋に来なさい」

「……え？」

「この部屋よりベッドは広い。二人でも充分に寝られるはずだ」

それだけ言うと、鷹矢は今度こそ部屋を出て行った。

一人残された悠吾は、しばらく呆然とその場に立ち尽くす。

「え……嘘……今確かに、部屋に来いっつったよな……？」

なぜあんなことを言ってしまったのか、自分でもよくわからない。

ただ、彼が部屋から出て行くのを見て、それがどうしても嫌だった。

一人になりたくない。今日は初めて食事をともにしたのに、また一人になるのは嫌だったのだ。

とにかく、約束をしてしまった手前、出向かないわけにはいかなくなったので、悠吾は部屋のバスルームでシャワーを浴び、急いでパジャマに着替えた。

御園崎邸内は靴履きなので、パジャマ姿に鷹矢に与えられたピカピカのローファーという珍妙《ちんみょう》なスタイルで自分の枕を抱え、急いで彼の部屋を目指す。

こんなところを山名に見つかったら、またお目玉を喰らうに決まっているからだ。

幸い山名に出くわすこともなく、悠吾は無事鷹矢の部屋の前まで辿り着いた。

——ううっ、でもなんか、気まずいかも！

ここまで来ておきながら最後の決心がつかず、部屋の前でうろうろしていると。

ふいに中からドアが開き、鷹矢が顔を覗かせて呆れたように言った。

「さっきからなにをやっている。早く入りなさい」

と、有無を言わさず中へ連れ込まれる。

「な、なんでわかったの？」

「人の気配がするから、わかる」

超能力者か、あんたは、と思っていると、鷹矢はあらためて悠吾の格好を上から下まで眺《なが》め回し、こらえきれずに噴《ふ》き出した。

「笑ったな⁉　しょうがないだろ、裸足《はだし》で来るわけにはいかなかったんだから！」

「ああ、わかった。わかったから早く寝なさい」

あやすように連れて行かれたベッドはキングサイズで、確かに男二人で寝ても充分な広さだった。

「……ほんとにいいの？」

「なにを今さら言ってる。腹は出して寝るなよ」

そっけなく言って、鷹矢は自室の机にあるパソコンに向かった。

まるきり子供扱いされ、悠吾は頬を膨《ふく》らませながらベッドに入る。

こんな広いベッドに寝るのは生まれて初めてで、なんだか身の置きどころに困ってしまう。

とりあえず鷹矢の場所を半分残すように横になると、そこからちょうど机に向かう鷹矢の背中が小さく見える位置になる。

「……まだ寝ないんだ」

同じ室内にいるというのに、やや声を張り上げないと聞こえないのだから、その広さは想像できるというものだ。

「ああ、少し仕事があってな。うるさいか？」

なんのことかと思ったが、パソコンのキーボードを叩く音のことらしい。

「ううん、大丈夫」

聞こえないよ、そんなの、と思ったが、素直にそう答えて悠吾はじっと彼の背中を見つめ続ける。

——鷹矢の背中なんか、初めてちゃんと見たような気がするな……。

いつも言いたいことだけ言って、あっというまにいなくなってしまう彼が、今日はずっとそばにいてくれる。

それは悠吾に深い安心感を与えてくれた。

「あのさ……俺、寝るまでちょっとだけ勝手にしゃべっててもいい？」

「ん……？」

「気がついたら、誰かといっしょに寝るの久しぶりだなって思って。養護院にいる時は六人部屋だったからいつも賑《にぎ》やかでさ、ちっとも寂しくなんかなかったんだけど、自立して住み込みで働き始めたらマスターがちゃんと部屋をくれたんだ。そしたら一人で寝るの慣れてなくて、最初の頃は静かすぎて落ち着かなくてぜんぜん寝られなかったんだ」

楽しげに昔の思い出話をする悠吾を、鷹矢がパソコンを打つ手を止めてふりかえる。

「働き始めて、毎日夢中だったから気がつかなかったんだけど、そん時、ああ、俺寂しかったのかなって思ってさ。なんとなく、その時のこと思い出しちゃった」

なぜ、こんな話を鷹矢にしようと思ったのか、自分でもよくわからない。

ただ、今彼のそばにいて、心の中が温かい気持ちになっていることを彼に伝えたかったのかもしれない。

泰昭一家から自分を庇ってくれた彼に。彼らに非難されると承知の上で一帆を探してくれた、彼に。

すると鷹矢は再び背中を向け、パソコンのキーボードを叩き始めた。

同情を引こうとしていると思われたのだろうか、と浮き立った気分がたちまちしぼんでしまう。

思わずベッドの中でぎゅっと唇を噛みしめていると。

「……これからは、一人じゃないだろう」

背中を向けたまま、ふいに鷹矢が言った。

「……え?」

「引き取った以上、私にはおまえが成人するまで養育する義務がある。それに山名も喜代もいる」

それは、不器用で優しさをうまく表現できない彼なりの精一杯の言葉だったのだろう。

それがわかったから、悠吾は思わず胸が熱くなった。

自分は一帆じゃないけれど、鷹矢の異母弟に対する想いは充分に伝わってきた。

「……うん」

――ありがとう、一帆を大事に想ってくれて。

声に出して言うわけにはいかなかったけど、そっと心の中だけで礼を言う。

するとふいに鷹矢が言った。

「さっきの、叔父の言ったことは本当に気にしなくていい」

「……え？」

初めて手を止め、鷹矢がふりかえる。

「父の死後、叔父は私に遺言を書くように要求しているんだ。私になにかあった場合には、叔父に私の遺産が渡るようにな」

「それって……どういうこと？」

意味がよくわからずに問い返すと。

「つまり、父が亡くなって、母親ももういないから父の遺産はたった一人の子である私のものになる。今のところ、結婚もしていないし子もいない私になにかあった場合、後継者のない現状では遺産は国のものになってしまうんだ。だからそれを防ぐために、御園崎家の財産を一族に残すために遺言状が必要になる。名家ではよくあることだ」

「そんな……」

まだ二十代の若さである鷹矢に遺言を要求するなんて。

遺産絡みの生々しい実状に、悠吾は言葉を失ってしまった。

「もちろん、結婚せず私が叔父より先に死ぬ確率はかなり低いとは思うがね。だが私の妻子より先に、あらたな父の息子が登場してしまった。おまえが認知されれば、非嫡出子《ひちゃくしゅつし》とはいえ法律上は弟になるのだから、私になにかあった場合、遺産はすべておまえのものになる。だから慌てているんだ、あの人は」

自分で言って、さもおかしそうに鷹矢は肩を震わせた。

「私がおまえを捜したのも、ひょっとしたらあの強突張《ごうつくば》りの叔父の慌てる顔が見たかったからかもしれないな。おまえは私がなに不自由なく暮らしてきたと思っているかもしれないが、これが名家の実状だ。金があるからといって、いいことばかりではない」

自虐《じぎゃく》を帯びた言葉がこれ以上続くのに耐えられなくて、悠吾は思わずベッドから飛び降りてしまった。

そして、裸足のまま、鷹矢の元へと急ぐ。

あっというまに自分のそばへやってきた少年を、鷹矢が椅子に座ったまま驚いたように見上げる。

なにか、言わなければ。

気持ちは焦《あせ》るのに、なにも言葉を思いつかない。

焦《じ》れた末に、悠吾は思わず彼の身体を胸元にぎゅっと抱きしめていた。

「一帆……？」

「もう、なにも言わなくていいよ。いやなこと言わせて、ごめん」

鷹矢が自分を傷つけるような言葉をやめてくれて、悠吾はほっとする。

彼の悲しみがひしひしと伝わってくるようで、なぜだかあれ以上は聞いていられなかったのだ。

「俺、遺産なんかいらないよ。だからあの叔父さんにそう言ってやりゃいいんだ」

少年に抱きしめられるとは思っていなかった鷹矢は、混乱を隠すように苦笑した。

「ひょっとしてこれは私を慰《なぐさ》めてくれるのか？」

少し迷った挙《あ》げ句《く》、悠吾は口を開く。

「だって、たった二人の兄弟じゃんか」

自分は本当の兄弟ではないけれど、一帆ならきっとこう言うはずだ、と悠吾は思った。

「……ああ、そうだな」

一拍《いっぱく》の間をおき、鷹矢が微笑んだ。

そして手を伸ばし、宥《なだ》めるようにぽんぽんと少年の頭を撫でてやる。

「わかったから、もう寝なさい」

「……うん」

悠吾の方も、優しくそう言ってもらえて満足し、ぺたぺたと裸足でベッドへ戻る。

布団に入ると、今の行為が急に恥ずかしく感じられ、思わず中へもぐってしまう。

――う～～どうしよう、なんか恥ずかしいかもっ！

どうして、あんなことをしてしまったのだろう？

ただ、見ていられなかったのだ。鷹矢の悲しげな顔を。

ベッドの中で目を閉じると、かすかに鷹矢の整髪料の匂いがした。

――あ……鷹矢の匂いだ。

まだ眠るつもりはなかったのに、彼の匂いに包まれ、すっかり安堵しきった悠吾はいつのまにか眠りの淵へと引きずり込まれていた。

きりのいいところで作業を終え、パソコンの電源を切って後ろをふりかえってみると、少年はすでに寝息を立てていた。

彼を起こさないようにそっとベッドサイドに立ち、そのあどけない寝顔を見下ろす。

精一杯背伸びをしてみても、しょせんまだ十六になったばかりの少年だ。

天涯孤独《てんがいこどく》の身の上で社会に放り出され、寂しくないはずがない。

なのに、『だって、たった二人の兄弟じゃんか』と当然のように言い放ち、自分を労《いたわ》ろうとしてくれた、気丈《きじょう》な彼。

その言葉に、鷹矢はまるで雷に打たれたような衝撃を受けていた。

父も母もこの世にはなく、いるのは口を開けば遺産の話しかしない親類ばかり。

それ以前に子供の頃から他人をあてにすることなど想像すらしない人生を送ってきた鷹

矢にとって、それは驚異の言葉だった。

彼の心の中に、今まで知らなかった、なにか温かいものがじわりと広がっていく。

つれなくしてきたはずなのに、自分を労ろう、守ろうとしてくれている少年の気持ちは、痛いほど伝わってきた。

――守ってやらなければ。

自分以外に、彼を守ってやれる人間はこの世にはいないのだから。

彼はたった一人の、血を分けた弟なのだから。

それは、鷹矢が初めて他人に対して抱いた熱い感情だった。

そっと手を伸ばし、柔らかく艶《つや》のある少年の髪に触れる。

彼を見ていると、なぜだか心の奥の方がざわめくような気がする。

これが血の繋がりというものなのか。これが肉親に対する情というものなのだろうか。

自分に初めての感情を与えるそのかよわい生き物を、鷹矢は不思議な思いを抱えながらじっと見つめ続ける。

そしてその時、鷹矢は初めて気がついた。

そういえば、自分の方こそ物心ついた頃から他人といっしょに眠るのなど初めてのことかもしれない。

女性たちとベッドをともにしても、朝までいっしょにいることなど皆無《かいむ》だったし、両親に添《そ》い寝をしてもらった記憶もない。

ということは、この少年が正真正銘朝までいっしょに眠る初めての相手ということになる。

深く考えずに了解してしまったが、果たして眠れるだろうか？

己《おのれ》のあさはかさを呪いながら、しかたなく少年を起こさないように慎重《しんちょう》に空いたスペースに身を滑り込ませる。

すると。

「……ん……」

ふいに少年がこちらに寝返りを打ったので、鷹矢は凍りついたように動きを止めた。

が、起きた様子はなく、鷹矢の胸元に頭を擦《す》り寄せるように丸まり、再び寝息を立て始める。

反射的にホールドアップの格好で上げてしまった両腕を下ろす場所がなくなってしまい、鷹矢は途方《とほう》に暮れる。

しかたない、かくなる上はと少年を起こさないよう慎重にその肩を抱くように腕を回し、ようやく目を閉じる。

が、訪れた平穏《へいおん》はほんのわずか。

寄り添った少年の体温が薄い寝間着越しに肌に伝わってきて、なおさら鷹矢を落ち着かない気分にさせる。

それはくすぐったいような、心地よいような、不思議な気分だ。

けれど。

――人間って、こんなに温かかったのか。

今さらながら、そんな当たり前のことに驚嘆《きょうたん》させられる。

他人といっしょになど、到底《とうてい》眠れるはずがない。

そんな予想を裏切って、鷹矢は少年の体温を感じながらあっというまに眠りに墜《お》ちていった。


翌朝。

「なぁ、鷹矢。鷹矢ってば」

誰かに名を呼ばれて肩口を揺すられ、鷹矢は顔をしかめながら目を開ける。

「……なんだ？」

見ると、少年がまだパジャマ姿のまま自分の隣でちょこんと正座している。

「そろそろ仕事行く時間じゃないのかよ。いつも今くらいに出かけてんじゃないの？」

言われて壁の時計を見上げると、確かにそうだった。

しかも、今日に限って朝から会議の予定が入っていて、移動時間を考えるとかなりぎりぎりだ。

「……寝坊したっ！」

顔面蒼白《がんめんそうはく》になってベッドを飛び出し、パジャマをかなぐり捨ててワイシャツに袖《そで》を通している鷹矢を見上げ、少年が言った。

「山名さんに起こしてくれとか頼んでないの？」

「いい年して、そんなことを頼めるか。それに予定は毎日ちがうしな」

「ふ～ん、じゃ、目覚ましは？」

おまえが来たどさくさに紛《まぎ》れて忘れたんだ、と鷹矢は思ったが口には出さなかった。

「わかってるよ、かけ忘れたんだろ？　明日っから俺にちゃんと何時に起きるって言っとけよな。そしたら起こしてやるからさ」

その言葉に、ネクタイを結んでいた手が止まる。

「……また今夜もここに泊まる気か？」

確認され、少年はまずかったかな、という顔をする。

「……だめ？」

上目遣いに見上げられ、そんな表情をされると嫌とは言えなくなる。

「……目覚まし代わりになるなら、寝かせてやってもいいかな」

「なんだよ、偉そうにっ」

もったいぶって言ってやると、予想通り少年は唇を尖らせた。

最近、彼がどんな表情をして、どんな反応を示すのか予想することができるようになってきた。

いつのまにかそれが楽しみになっている自分に、鷹矢は驚きを隠せない。

手早く洗顔と身支度を整え終え、いつも通り一分の隙もない上質なスーツ姿でピアジェの時計をはめながら、鷹矢はまだベッドの上にいる少年に言った。

「今日は少し遅くなる。途中で抜けられないかもしれないから、朝晩の薔薇の水やりを頼んでいいか？」

「……え？」

なにげなく言われたその一言が、鷹矢から受けた信頼の証《あかし》に思えて悠吾はこくこくと何度も頷いてしまう。

「うん、俺がやる！　安心して行っていいよ」

「そうか、おまえは喜代に朝食の用意をしてもらいなさい。それじゃ」

ドアノブに手をかけた瞬間、少年が無邪気に手を振って言う。

「うん、行ってらっしゃい」

それはふだん、喜代と山名、それに使用人にしか言ってもらえなかった見送りの言葉。

この子は使用人ではない。血を分けた、自分の弟だ。

他人に言われるそれとの違いを、鷹矢は不思議な気分で嚙みしめた。

「……ああ、行ってきます」

なぜだか照れ臭くて、少年の顔は見られないまま、鷹矢は部屋を出る。

すると、いつまでも朝食の支度を頼んでこない鷹矢が心配になったのか、喜代がこちらにやってくるところだった。

「まぁ、鷹矢様、お時間大丈夫なんですか？」

「大丈夫じゃない。遅刻ぎりぎりだ」

言いながら歩く鷹矢に従いながら、喜代はあら、と声を出した。

「遅刻しそうですのに、なんだか嬉しそうですこと。なにかいいことでもおありになったんですか？」

指摘されて初めて、自分が笑っていたことに気付いて鷹矢は表情を引き締める。

「……なんでもない。見送りはいいから、一帆の食事の支度をしてやってくれ。まだ私の部屋にいるはずだ」

「ええ!?　ごいっしょにおやすみになられたんですか？　あらまぁ、すっかり打ち解けられて……やはり血ですかしらねぇ……よかった、本当に」

「なんでもいい、とにかく頼んだぞ」

一人朝っぱらから感動している喜代を尻目に、鷹矢は慌ただしく車で出かけていった。

車での移動の多い鷹矢にとって、ベンツの後部座席だけが一人で考えごとにふけることができる唯一《ゆいいつ》の空間だ。

スケジュール管理をしてくれる秘書もいるにはいるが、他人にそばにいられることを好まない鷹矢はほとんどを一人で行動する。

この日も賓客《ひんかく》との会食を終え、ようやく帰途《きと》に着くことができた。

後部座席に背中を預け、ほっと一息つく。

大名華族《だいみょうかぞく》として、明治維新以降に東京に居《きょ》を構えるようになった御園崎家は、三代前の曾祖父《そうそふ》の時代に事業で成功を収め、財閥となった。

貿易会社、建設業から事業を広げ、そしてボランティア系財団法人に。

戦後没落《ぼつらく》する家も多い中、現在も御園崎グループで作っていないものはないと言われるほど手広く事業を拡大し続けている。

しかし由緒ある家柄なだけに、傘下企業《さんかきぎょう》の経営、親類との軋轢《あつれき》とトラブルは山積みだ。

父の跡を継ぐ重責は、まだ若い彼を否応《いやおう》なく疲労させていた。

が、疲労の原因は多忙さばかりではない。

以前から心臓病であることを知っていた父は、自らの死期を悟ってか、いつ自分が退《しりぞ》いてもいいようにと信頼する側近《そっきん》たちを各会社のトップに据《す》え、当面は鷹矢に力がなくても御園崎グループを維持していけるように手配してくれていた。

当然、鷹矢は自分より相当の年輩者たちである彼らに対する礼儀を尽くさなければならない。

——鷹矢様は御園崎家の当主としてふさわしく、常に堂々としていていただければそれでよいのです。

彼らは慇懃《いんぎん》無礼《ぶれい》とも取れる丁重な態度で、ことあるごとにそう釘《くぎ》を刺した。

おまえはまだ若造《わかぞう》でなんの実力もない。だから経営によけいな口を出さずにお飾りの当主でいろと言っているのだ。

確かに彼らは優秀で、まだ経験の浅い鷹矢は逆らうつもりはなかったが、鷹矢に与えられる仕事といえば経済誌の取材を受けたり、パーティに出席したり、接待に会食、ゴルフとほとんどお飾りのトップとして雛壇《ひなだん》に据え置かれているのが実状だ。

はなから、まるきり戦力としてあてにされていないことに鷹矢は自分の力不足をひしひしと噛みしめていた。

——しかたがない、これが大企業というものだ。トップは有能であるべきではなく、無難《ぶなん》にお飾りでいるべきなのかもしれない。

事実、父がそうだった。

争いごとを好まなかった彼は、信頼する幹部や側近たちに采配《さいはい》を委《ゆだ》ね、自分は当主として広告塔の役割しか果たそうとはしなかった。

そう自分に言い聞かせてみても、まだ若い鷹矢にはビジネスの現場で自分の力を試してみたいという野望は捨てきれない。

ぼんやりと、流れていく車窓《しゃそう》に視線を投げていると、ふいにあるものが視界に飛び込んできた。

「……すまないが、ちょっと止めてくれ」

「え？　は、はい」

予定にない突然の停車に驚く運転手を尻目に、鷹矢は車から降りる。

目に入ったのは、一軒の瀟洒《しょうしゃ》な洋菓子店だった。

この店が視界に入ったとたん、ふと考えたのだ。

あの子にケーキを買って行ってやったら、どれほど喜ぶだろう、と。

そう想像しただけで、鷹矢は今までの憂鬱だった気分を忘れてしまった。

「いらっしゃいませ」

店内に足を踏み入れると、店員の女性が愛想良く声をかけてきた。

注文を待つ彼女を前に、鷹矢は目の前のショーケースに視線を落とす。

中には色とりどりのケーキがぎっしりと陳列《ちんれつ》されているが、ふだん甘いものを食べない鷹矢には、どれがどれやらさっぱりわからない。

――いや、でもショートケーキならわかるぞ。

あの見覚えのある白い三角の形を探し求めるが、同じような外観で丸いものと三角のものがあり、混乱する。

なかなか流行《はや》っている店らしく、店内には数人の若い女性客がいて、洋菓子店には不釣《ふつ》り合いな鷹矢をちらちらと盗み見ている。

しかたなく、店員に聞いてみることにした。

「ショートケーキが欲しいんだが」

「はい、二種類ございますが、どちらにしましょう?」

「どっちもショートケーキなのか?」

「はい」

少し考え、面倒になった彼は言った。

「どっちも下さい。ここにあるものを、ぜんぶ」

「……え? あの、二十個ずつあるんですけど……よろしいんですか?」

「いいです。いくらですか」

女性客たちの視線にいたたまれず、鷹矢は急いで財布を取り出した。

一方、悠吾は鷹矢に言いつけられた水やりを終えてから、することもないので、温室でずっと薔薇を眺めて過ごしていた。

──はじめはすごいヤな奴だと思ってたのに……どうしてあいつといると楽しいんだろ？

いくら考えても、答えは出ない。

それに、気が付けばいつも考えているのは彼のことばかりだ。

──俺、どうかしちゃったのかな……。

頬杖《ほおづえ》を突きながら、ため息をつく。

と、その時。

「一帆様、鷹矢様がお戻りになられましたよ」

「あ、今行くよ」

喜代に声をかけられ、急いで屋敷へと戻る。

玄関に入ると、そこには山名に大きな白い包みを二つ手渡している鷹矢の姿があった。

「おかえり」

「……ああ、ただいま」

なぜか気恥ずかしげに視線をそらした鷹矢が、無愛想に言う。

「仕事先でケーキをもらった。よかったらみんなで食べなさい」

「……え？」

それだけ告げ、自分の部屋へ行ってしまう鷹矢をぽかんと見送り、悠吾は喜代と顔を見合わせる。

山名がテーブルの上で包みを開くと、中にはぎっしりといちごのショートケーキが詰め込まれている。

「……こんなに、誰がケーキくれんの？」

「ご自分で買ってらしたんだと思いますよ。鷹矢様は照れ屋さんですから。あらまぁ、いったいどんなお顔で買われたんだか」

と、喜代がおかしそうに笑いを噛み殺している。

「こんなにたくさん食べ切れないじゃんか。働いてる人、今日は何人いるの？」

「今いるのは……たぶん十人ほどですわね」

「にしたって、一人ノルマ四個以上だよ……」

言いながらも、久しぶりのケーキに悠吾は目を輝かせている。

「ね、喜代さん。俺、鷹矢の部屋に持ってっていっしょに食べる！」

「でも、鷹矢様は甘いものは召し上がりませんよ……？」

「食べさせる！　こんなに買ってきたんだから、責任取ってノルマ果たしてもらわなきゃ」

勝手知ったる厨房でさっそく鷹矢好みの紅茶を淹《い》れ、銀のトレイにケーキとともに載せた悠吾は弾んだ気持ちで鷹矢の部屋へ運ぶ。

あの無愛想な鷹矢が、自分のためにケーキを買ってきてくれた。

たったそれだけのことなのに、嬉しくてたまらなかった。

ノックをしてから扉を開けると、鷹矢はスーツからくつろぎ用の私服に着替え終えたところのようだった。

「どうした？」

「いっしょにケーキ食べようと思って」

トレイの上の大量のケーキに気付くと、鷹矢がかすかに眉をひそめている。

「……いや、私はいい。一帆がぜんぶ食べるといい」

「こんなに食べられるわけないだろ〜〜。いっぱい買ってきたんだから、責任取って一個は食べなよ。はい！」

有無《うむ》を言わさず皿を差し出され、しぶしぶ席に着く。

「さ、食べよ。いただきま〜す！」

「……いただきます」

テンションが下がる甘いもの嫌いの鷹矢とは裏腹に、悠吾は嬉々《きき》としてフォークを口へ運ぶ。

一口、続けてもう一口。

あまりのおいしさに手が止まらず、あっというまに一つを平《たい》らげてしまう。

その見事な食べっぷりを眺めていた鷹矢が、口元に笑みを浮かべている。

「……うまいか？」

「うん！　すっげ～うまい！　ケーキ食べるの久しぶりだから嬉しいな～～あ、ほら、鷹矢も早く食べなよ。おいしいよ」

本当にしあわせそうに、さっそく二つ目をぱくついている少年の姿に、鷹矢は身体の奥底から沸き上がってくる喜びを感じていた。

この子の喜ぶ顔が見たい。なぜだか痛切《つうせつ》に、そう思う。

なにげないしぐさ、表情、なにを取っても、もう言葉には言い表せないほど可愛かった。

これが血の繋がりというものなのだろうか。

自分の内にこれほどの兄弟愛が眠っていたとは、鷹矢自身も驚きだった。

「一帆」

「ん？　なに？」

「学校の件だが、私の母校である望月《もちづき》高等学院に話を通しておいた。明日業者が制服の採寸に来るからな」

「……え……？」

望月学院といえば、皇族の人々も通う名門中の名門私立だ。

もちろん、他の生徒たちも良家の子女揃いだと悠吾ですら聞いたことがある。

「……ほんとに、ガッコなんか行っていいの？」

「いいに決まってるだろうが。今さらなにを言っている」

「だ、だって……」

自分は本当は一帆ではない、思わずそう言いかけてしまい、慌てて口を噤《つぐ》む。

「ほら、まだ血縁関係の鑑定結果も出てないしさ……」

「あれは法律的な手続きをふまえた上で、念を入れているだけだ。あのオルゴールを持っていたんだからまちがいはないだろう。鑑定結果を待つまでもない」

まったく自分を一帆と信じて疑っていない鷹矢に、悠吾の胸は絞めつけられるように痛んだ。

鷹矢が優しくしてくれるのは、弟だと信じているから。

当たり前のことなのに、なぜかつらくなる。

——俺……鷹矢のこと、騙してるんだよな……。

今さらながら、自分のしでかした罪の大きさに愕然とする。

「どうした？　もう食べないのか？」

すっかり手が止まってしまった悠吾に、鷹矢が声をかける。

「あ、ううん、なんでもない……」

動揺を気付かれてはならないと、悠吾は無理に笑顔でケーキを口に運んだ。

けれど、さっきまであれほどおいしかったケーキは、すっかり味がしなくなっていた。


その晩。

鷹矢はいつも通りに深夜まで机に向かい、午前二時でようやくパソコンの電源を落とした。

イタリアの家具メーカーに特別に作らせたオフィスワーク用椅子の背にもたれ、眉間を人差し指と親指で揉みほぐしても、疲れは取れない。

軽くシャワーを浴び、夜具《やぐ》に着替えてからそっと近付くと、自分のベッドの上で身体を丸めるようにして眠っている少年の姿があり、思わず目を細める。

本当に来るのかどうかわからなかったが、少年は当たり前の日課のように枕を抱え、パジャマにローファー履きの珍妙な格好で再び訪れたのだ。

あの広い部屋で一人で眠るのは、どうにも落ち着かないらしい。

――やれやれ……毎晩来るつもりか？

苦笑しながらも、どこかで喜んでいる自分がいる。

彼の寝顔を眺めているだけで、根深い疲れも一瞬で吹き飛んでしまうような気がした。

この子が望月学院に入学して、卒業して、大学部に進んで。

ふと気が付くと、最近頻繁に少年が成長していく姿を想像してしまう。

押し潰されそうな重責の日々の中で、いつのまにか少年の存在が鷹矢のすさんだ心を癒《いや》していたのだ。

が、身を縮めるように寝息を立てている姿を見下ろし、鷹矢は眉をひそめる。

さきほど、学校の話をした時の一帆の様子が、なぜか妙に引っかかる。

しかし、高額な学費がかかることを気に病んでいるのだろうと自分を納得させ、鷹矢はベッドに入った。

「う……ん……」

少年が寝返りを打っても、もう動じない。

逆に子猫のように身をすり寄せてくる体温を心待ちにしてしまう。

まだ睡魔《すいま》は訪れなかったので、鷹矢は薄い暗闇の中でじっと少年の寝顔を見つめ続けた。

あどけない子供のように無心に眠る彼の唇が、なぜか妙に目を引く。

なだらかなおとがいから鎖骨《さこつ》、そして第一ボタンが外れているパジャマの襟元《えりもと》へ自然と目線が落ちた。隙間からちらりと覗いている胸元がどうしても気になる。

どくん、と心臓の鼓動《こどう》がいやな音を立てた。

この子に触れたい、そして抱きしめたい。

今までまったく気付かなかった欲望が、突然鷹矢を支配した。

それは、はっきりとした、そして今まで彼が感じたこともないくらい強い欲望だった。

そんな自分が自分で信じられず、彼は思わずベッドから跳《は》ね起き、床の上に裸足で降り立ってしまう。

このまま同じベッドで眠っていたりしたら、理性もなにもなく少年に襲いかかってしまう気がしたのだ。

その場面を想像し、鷹矢はぞっとした。

――ばかな……なにかのまちがいだ。弟なんだぞ、この子は。

このところ父のことで女性どころではなかったから、欲求不満気味なのだ、きっと。

そう自分に言い聞かせるが、胸の動悸《どうき》は治《おさ》まらない。

結局それからどうしてもベッドに入る勇気が出せず、鷹矢はソファーに横になったがほとんど一睡もできずに長い夜を過ごしたのだった。


「……ん……」

翌朝。

目を覚まして無意識のうちに隣を探るが、あるはずの鷹矢の身体がいつまでたっても手に触れない。

「……あれ？」

そこでようやくおかしいと起き上がって周囲を見回すと。

鷹矢は窮屈《きゅうくつ》そうに身を縮め、部屋の中央にあるソファーの上で眠っていた。

ベッドを降り、裸足でぺたぺたと歩いていって、その肩をそっとゆさぶる。

「鷹矢、朝だよ、起きて」

「……ん……？」

「なんでこんなとこで寝てるの？　ベッドがあるのに」

不思議そうに言われ、鷹矢はゆうべのできごとを思い出す。

「……いや、なんでもない」

それだけ言って起き上がり、クローゼットから今日の服を選び出す。

なんとなく、とりつくしまのない様子に、少年が背後でとまどっているのが手に取るようにわかった。

けれど、言わなければ。

心を鬼にして、鷹矢はようやく口を開く。

「一帆」

「ん？　なに？」

罪悪感から少年の顔が見られず、鷹矢は背を向けたまま言った。

「明日からは自分の部屋で寝なさい。どうも人がいると熟睡できない」

「……え？」

一瞬なにを言われたのかよくわからなくて、思わず聞き返してしまう。

が、こちらを見ようとしない鷹矢の様子にすべてを悟《さと》り、胸をナイフで抉《えぐ》られたようなショックを受ける。

――そっか……鷹矢、俺と寝るのいやなんだ……。

「……だからソファーで寝てたんだ……そうだよね、他人といっしょなんて寝にくいよね。気がつかなくてごめん。わかった、今日からちゃんと自分の部屋で寝るね」

「一帆……」

「ほら、早く出かけないと！　また遅刻しちゃうよ。薔薇にはちゃんと水あげとくから心配しないでいいからね」

わざと明るくふるまい、鷹矢の背中を押して送り出す。

「……ああ、いってきます」

「いってらっしゃい！」

笑顔で送り出した後、悠吾はそのまま自分も鷹矢の部屋を後にする。

急いで自分の部屋へ戻り、駆け込んで鍵を閉めてしまうと。

「……うっ……」

それまで必死に堪えていた涙が、頬を伝う。

なにが泣くほど悲しいのか、自分でもよくわからなかった。

ようやく自分を受け入れてくれたと感じ始めていた鷹矢に拒絶されたのが、つらかったのだろうか。

——しょうがないよ……だって鷹矢だって仕事が忙しいんだし、俺なんかにかまってばっかいられないって。

ひとしきり、ぐすぐすと啜《すす》り上げた後。

そろそろ喜代が朝食を持ってくる時間になってしまうことに気付いて、また慌てる。

——泣いてるとこなんか見られたら、喜代さんに心配かけちゃうっ。

こんなことで落ち込んでもしかたがない、と自分を励まし、気を取り直してパジャマから洋服に着替え、悠吾は洗面所で何度も顔を洗った。


そして、夕方。

鷹矢が水をやる時間を忠実に守り、悠吾は一人温室を訪れる。

作業で気をまぎらわせようと努力してみても、考えるのは鷹矢のことばかり。

――鷹矢、俺のこと嫌いなのかな……図々しくてヤなガキだとか思われてるのかな……。

そう考えると、思わずため息が漏《も》れてしまう。

鷹矢に嫌われるのが、なぜこんなに応《こた》えるのか、自分でもよくわからなかった。

――いったい、どうしちゃったんだろ、俺……こんなの、いつもの俺じゃない。

いくら考えてもわからない。

小ぶりな鉢植えの薔薇には、先の細いじょうろで一鉢ずつ丁寧に水を注《さ》していると。

「へぇ、まだあったのか、この薔薇の温室」

背後で突然声がして、悠吾は飛び上がるほど驚いた。

慌ててふりかえると、温室の扉を開けて中へ入ってきたのは先日泰昭といっしょにいたあの友哉という青年だった。

「あ、あんた……」

「よぉ、居候。置いてもらうためにご奉仕か？　けなげだね」

あからさまに見下した態度に、悠吾はきっと敵を睨みつけてやる。

「鷹矢なら仕事でいないぜ。なんの用だよ？」

「お〜怖。そう警戒するなよ。そろそろ水やりに戻ってくるんじゃないかと思って寄ってみたんだが、そうか、おまえに頼んでるなら戻ってこないな。無駄足だったか」

言いながら、彼は物珍しげに温室の薔薇を観賞し始めた。

「でも、正直意外だったな」

「なにがだよっ!?」

「あいつ、今まで誰にもここの薔薇の世話を他人に任せたことなかったんだぜ。それをおまえにさせてるからさ」

言われて初めて、それほどまでに鷹矢がかたくなにこの薔薇たちを他人に委ねなかったのを知る。

「なぁ、なんで鷹矢がここの薔薇を大事にしてるか、知ってるか?」

「……え?」

「この薔薇は、もとは鷹矢の母親の趣味で集めたものなんだ。この温室を作った頃はまだ夫婦仲もよくて、鷹昭伯父さんとよく二人で世話をしてた。みかけによらず、けっこうセンチメンタルだろ、あいつも」

思いがけない事実に、悠吾は思わず息を呑《の》む。

鷹矢が幼かった頃、両親に愛されてしあわせだった時代。

鷹矢にしてみれば、この薔薇たちは大切な家族の思い出なのかもしれない。

そして今、両親は不仲のまま母が亡くなり、父ももう二度とこの屋敷へは戻らない世界へ旅立ってしまったのに、彼はたった一人、この温室を守り続けているのだ。

鷹矢の心の闇を垣間《かいま》見てしまったような気がして、悠吾はうつむく。

「その原因は、おまえの母親なんだよな。鷹矢もよく愛人の子なんか引き取る気になったもんだ」

いつのまにかそばに歩み寄ってきた友哉が無遠慮に髪に触れてきたので、悠吾はその手をふりはらった。

「触るなっ」

「固いこと言うなよ。可愛い顔して、どうせ母親と同じ手で鷹矢に取り入ったんだろ。御園崎家の財産は魅力的だもんなぁ」

言うなり、友哉の手がシャツの胸元を掴んできて、力任せにボタンを引きちぎる。

「なっ……!?」

「大人しくしろって。具合がよかったら俺の愛人にしてやってもいいぜ。分家《ぶんけ》とはいえ、俺も御園崎だ」

「は、離せっ！」

揉み合いになり、肘がぶつかった拍子に薔薇の鉢植えが地面に落下し、鋭い音を立てて割れる。

――あっ……鷹矢の薔薇が……。

この温室内で暴れてしまうと、薔薇に被害が出るのは確実だ。

そう気付いた悠吾は、反射的に入り口に向かって逃げ出そうとする。

が、それを一早《いちはや》く察した友哉に腕を掴まれ、地面に突き飛ばされた。

「往生際《おうじょうぎわ》が悪いな。割り切って楽しめよ」

下卑《げび》た笑みを浮かべた彼の顔が、上から迫ってくる。

「やだっ……いやだ!!」

必死に首を振って逃れようとするが、体格差は歴然で、どうあがいても振り払えない。

この温室は屋敷からかなり離れているので、いくら騒いでも山名や喜代には聞こえないだろう。

「おまえをやっちまったって知ったら、どんな顔するだろうな、あいつ。あの取り澄ました面《つら》がどう崩れるのか、見物《みもの》だぜ。俺はあいつの怒った顔が見たいんだ」

「……え?」

「さて、まずはお手並み拝見といくか」

おもむろに、友哉が自分のベルトを外し始める。

「ほら、口開けろ」

言われてようやく、なにをさせる気なのかがわかって悠吾は青ざめる。

次の瞬間、自分でも無意識のうちに叫んでいた。

「いやだっ……鷹矢！　鷹矢！」


次の場所へ移動する車内にいた鷹矢は、窓の外に視線を流しながら、朝から何度目かわからないため息をつく。

――我ながら、大人げない対応だったか……。

もっと、彼を傷つけずに話を持っていくやり方もあっただろうに。

どうもあの少年のこととなると、自分を見失ってしまう。

――まったく、どうかしている、最近の私は……。

もう一度ため息をつき、深々と後部座席のシートに背中を埋める。

ふと腕時計を見ると、いつもなら温室に行く時間が迫っていた。

少年はきっと、温室にいるはずだ。

少し迷った後、結局鷹矢は運転手に向かって言った。

「すまないが、途中で屋敷へ寄ってくれ」

「はい、かしこまりました」

目的地へは少し遠回りになるが、大した距離ではなかったので運転手は不審《ふしん》に思った様子もないようだった。

やがて屋敷前に車は到着し、鷹矢は車を外で待たせたまま直接一人で温室へと向かう。

山名たちに見つかると、また大騒ぎになるからだ。

やや急ぎ足で庭を横切り、温室に近付いていくと。

突然、植木鉢が割れる音が聞こえ、人が揉み合うような気配が聞こえてきた。

「……一帆？」

不審に思い、温室の扉を開けると……。

次の瞬間、鷹矢は我が目を疑った。

あちこち散乱し、砕けてしまった薔薇の鉢植え。水を撒き散らし地面に転がっているじょうろにシャワー付ホース。

そして地面の上に仰向けに倒れた少年の上に、だらしなく前をくつろがせた友哉が馬乗りになっている。

「た、鷹矢!?」

突然現れた彼に、組み敷かれた少年が叫ぶ。

その光景を見た瞬間、自分の内のなにかが切れる音がした。

「貴様っ……!!　一帆になにをした!?」

言いざま、友哉の襟首を摑み上げ、横《よこ》っ面《つら》に一発喰らわせる。

手加減しない拳は見事に彼の頬にめり込み、いやな音がした。

「……ふん、見ての通りさ。なに顔色変えてんだよ」

「……なんだと？」

ぺっと血の混じった唾《つば》を吐き、その悪びれない態度は、さらに鷹矢の怒りに油を注《そそ》ぎ。

みっともなく地面を這いずるように逃げようとするのを、追いすがって引き戻し、さらに拳《こぶし》をふるう。

「やめっ……やめてよ、鷹矢……！」

興奮で頭の中が真っ白になり、拳が友哉の鼻血で汚れるのもかまわず、ほとんど機械的に殴り続ける。

「だめ！　それ以上殴ったら死んじゃうっ……！」

少年が背中から抱きつくようにして制止しなければ、本当に友哉が死ぬまで殴ってしまったかもしれなかった。

「くそっ、憶えてろよっ……！」

ようやく解放され、鼻血を垂らしたまま友哉は後ろも見ずに温室を逃げ出していく。

荒れ狂う激情の嵐に翻弄《ほんろう》された鷹矢は、やや呆然と少年をふりかえる。

「……鷹矢……」

着ていたシャツを無惨《むざん》に引き裂かれ、少年は頼りなげな表情でぼろぼろのそれをかきあわせていた。

「戻ってくれて、よかった……鷹矢が来なかったら、俺……」

まだ恐怖を引きずっている少年の顔を目近《めぢか》で見た瞬間、それまで抑《おさ》えていたタガが一気に外れた。

頭で考えるより先に、骨も折れるほど強く抱きしめ、その髪に口付ける。

これでは、あの友哉のしたこととなんの変わりもない。

純粋に兄として慕《した》ってくれる少年の信頼を裏切る下劣《げれつ》な行為だとわかっていても、もう鷹矢には止められなかった。

「鷹矢……?」

少年の大きくて澄んだ瞳が、驚いたように開かれる。

その瞳に映った自分の顔をじっと見据えたまま、鷹矢は少年の頬を両手で包み込むように口付けた。

「……!?」

声にならない驚きとともに、腕の中で少年の身体が強張《こわば》る。

が、かまわず強引に唇で唇をこじ開け、より深く彼を貪《むさぼ》る。

「ん……ふっ……」

つたない喘《あえ》ぎを聞きながら、もっともっとと結合を深くし、舌を滑り込ませる。

実際に触れてしまうと、自分がこんなにもこの子を求めていたのだと、ずっとこうして奪ってしまいたかったのだと実感する。

長く、継ぐ息さえ奪う濃厚《のうこう》な口付けに、次第に少年の全身から力が抜けていく。

膝の力が抜け、自力で立っていられなくなった身体を片腕で支えてやりながら、ゆっくりと地面に座らせてやる。

土でスーツが汚れるのもかまわず、鷹矢は自分に抱かれたまま呆然と座り込んだ少年を離せなかった。

「……あ……」

ふいに、びくんと少年の身体が跳ねる。

鷹矢の手が、引き裂かれたシャツの隙間からじかに肌に触れてきたからだ。

その瞬間、背筋をぞくりとしたものが走り抜ける。

友哉に触れられた時の嫌悪感とはちがう、それはあきらかな快感だった。

どうしていいかわからなくて、とまどって。

「鷹……矢ぁ……っ」

突然のことで混乱はあったものの、悠吾は本能的に彼にしがみつく。

だが、少年に名を呼ばれた瞬間、高ぶっていた鷹矢の意識が瞬間的に冷めた。

熱に浮かされ、翻弄されていたのが我に返った、と言うべきか。

——私は……今、なにをした……？

母親がちがうとはいえ、正真正銘、血を分けた弟だというのに、なんということをしてしまったのか。

愕然と少年から離れ、後じさる。

「……鷹矢……？」

「……すまない、今のことは忘れてくれ」

「……え……？」

少年は絶句している。

その間、自分を落ち着かせるために鷹矢は深いため息を繰り返した。

「しかし、友哉はなぜこんなことを……？」

「……鷹矢が怒るところが見たいって……言ってた」

「なんだと？」

「なんだか、鷹矢が自分をライバルだって認めてなくて、まるで眼中にないんだって思ってるみたいだった……俺にこんなことしたのは、ただのいやがらせだと思うよ」

なんということだ。

鷹矢には友哉を軽《かろ》んじた覚えなどまったくなかったのだが、彼の方はそうは感じていなかったということか。

自分の存在がそこまで彼の憎悪《ぞうお》を掻《か》き立てていたのかと、鷹矢は暗澹《あんたん》たる気分にさせられた。

沈黙する鷹矢の姿に、悠吾はやや不安げな瞳を上げる。

そんな姿を見ると、思わずまた抱きしめてしまいそうになる衝動を抑えるのに鷹矢は苦労した。

「心配するな、友哉には私から釘を刺しておく。おまえはなにも気にする必要はない」

努めて冷静になろうとスーツの上着を脱ぎ、少年の肩にかけて半裸の身体を覆《おお》ってから背中を向ける。

その背中が、なぜだかとても遠くに感じ、追ってはいけないと思いつつ、悠吾は必死で名前を呼んでしまう。

「鷹矢……！」

そのすがるような呼びかけに、彼の背中が緊張に強張ったように見えた。

「……頼むから、なにも聞かないでくれ。謝って済むことじゃないが、本当に悪かった。許してほしい」

それから鷹矢は、山名や喜代たちにはわからないように部屋まで送ってくれたが、一度も目を合わせようとはしなかった。

再び仕事先へ戻っていった彼を見送り、悠吾は一人部屋でシャワーを浴びる。

友哉に触れられた箇所《かしょ》を、何度も何度も洗い、頭から熱いシャワーに打たれる。

――俺……どうかしてる。

友哉に強姦されかかったことよりも、鷹矢にキスされ、謝られたことの方がショックだった自分が、自分で信じられなかった。

友哉に触られた時には嫌悪感しか感じなかったのに、鷹矢に抱きしめられ、キスされたのは嫌ではなかった。

いや、むしろもっと触れて欲しいとさえ思っていたのだ。

だが、鷹矢は自分の行為を過《あやま》ちと認め、謝罪《しゃざい》した。

それは悠吾の心を深く傷つけた。

――でも、当たり前だよな……鷹矢は俺のこと、ほんとの弟だと思ってるんだから。

こうなったのも、すべて自業自得《じごうじとく》なのだ。

嘘なんかついたから、一帆になりすましたりしたから、ぜんぶぜんぶ自分が悪いのだ。

悠吾の頬を、シャワーの水滴ではない熱いものが伝って落ちた。

――どうしよう……俺、こんなに鷹矢のことが好きなんだ……。

今まで、努《つと》めて気付くまいとしていた本当の気持ち。

それが抱きしめられ、自分がこんなにも彼の温もりを欲していたことを痛感させられた。

鷹矢に、抱きしめてほしい。もっともっと、そばにいて触れてほしい。

初めて知った恋は少年を翻弄し、貪欲《どんよく》にしていた。

――どうしたらいいんだろう……。

バスルームの壁にこつんと額《ひたい》をぶつけ、悠吾は途方《とほう》に暮れた。


「なんだか最近元気がありませんねぇ、一帆様」

喜代にしみじみとため息をつかれ、悠吾はようやく我に返る。

「……え？　なんか言った？」

「ほら、また聞いてないんですから。最近元気がないですね、と申し上げたんですよ」

苦笑しながら、喜代は心を込めて淹れてくれた温かいミルクティーをサーブする。

見事な庭園が一望《いちぼう》できるテラスで優雅にお茶を飲むなどという贅沢《ぜいたく》を噛みしめながらも、悠吾の気持ちはどこか晴れない。

お茶を飲むならここにしなさい、と教えてくれたのは鷹矢だ。

だが当の本人はお茶を付き合ってくれるわけでもなく、あまつさえこのところまったく音沙汰《おとさた》なし、だ。

「……そんなこと、ないよ」

否定しながら、周りから見ても一目瞭然なくらい落ち込んでいる自分が嫌になってしまう。

あれから、鷹矢とはほとんど顔を合わせていない。

喜代は仕事が忙しいのだと言うが、避けられているのは明白だった。

――会いたいな……。

避けられているのに、キスしたことを後悔されているのに、それでも鷹矢に会いたくて。

たった一目でいいから、彼の顔が見たかった。

――こういうのって、恋わずらいっていうのかな。まさか俺がこんな風に誰かのことを好きになるなんて、想像もしてなかったけど。

しかも、相手があの鷹矢だなんて。

自分で考えながら、思わず苦笑してしまう。

――だけど、俺には鷹矢を好きだなんて言う資格はないんだ……ずっと騙してたんだから。

事実を知ったら、鷹矢が自分を許すはずがない。

それがわかっているから、悠吾はいつまでも真実を告白する勇気が持てないのだ。

――でも、言わなくちゃ……悪いのは俺なんだから。

ぎゅっと唇を噛みしめた時、テラス前の廊下にある内線電話が鳴った。

そばにいた喜代が電話に出て、しばらく話した後困惑したように受話器を戻す。

「どうしましょう……また連絡もなさらずにいらっしゃるなんて」

「どうかしたの？」

「今、泰昭様のお車が正門に着いたと連絡が……鷹矢様はいらっしゃらないとお伝えしたんですけれど」

言いつつ、喜代はあたふたと彼の出迎えに向かう。

なにごとだろう、と思わず固唾《かたず》を呑んでいると、しばらくして喜代とともに泰昭がテラスへとやってきた。

「やぁ、一帆くん」

鷹矢の話を聞いている上、自分が歓迎されていないことを知っている悠吾は、反射的に立ち上がり、緊張する。

あるいは友哉がこないだの一件を父親に告げ口でもして文句を言いにきたのだろうか？

「まぁ、そう固くならんでもいい。わしはブランデーでももらおうか。一帆くんにも紅茶のお代わりを持ってきてあげたらどうだね」

「は、はい、ただいま」

が、警戒する悠吾をよそに、泰昭は喜代にそんなことを言いつけ、気味が悪いほど愛想がよかった。

どうやら、友哉のことではないらしい。

そして、無遠慮にじろじろと上から下まで悠吾を観察しながら、泰昭は煙草《たばこ》をくわえて火を点《つ》ける。

「きみも若いのに、いろいろと苦労したんだろうねぇ、かわいそうに」

「……は？」

「身寄りがなくなった今、血の繋がった親戚を頼りたい気持ちはわかる。わかるんだがねぇ……」

思わせぶりに言葉を切って、しばらく考え込むふりをしている。

そこへ喜代が言いつけられた飲み物を持って戻ってきた。

「しばらく、誰もここへは寄越《よこ》さないでくれ。ああ、もちろん鷹矢にもよけいなことを言うんじゃないぞ。わかったな？」

「は、はい……」

そう喜代に釘を刺し、彼女が去ってから、泰昭はおもむろに口を開いた。

「なにせ、きみはまだ未成年だし、わしも学校くらいは行かせてやりたいと考えてはいるんだよ。高校、通いたいだろう？」

「……あの、いったいなにが言いたいんですか？」

彼の意図がわからず、ついに訊いてしまう。

すると彼はわざとらしく笑った。

「そうか、それじゃ単刀直入《たんとうちょくにゅう》に言おう。いったいいくらくらい払えば認知《にんち》裁判を起こさないと約束してくれるのかね？」

「……え？」

「とぼけなくてもいいじゃないか。初めからそれが目的でここへ来たんだろう？　だがね、いくら父親の死後三年以内なら認知裁判が起こせると言っても、時間も費用もかかる。それにきみは自分の権利を主張すればいいだけの話だが、鷹矢はどうなる？　愛人の子に認知裁判を起こされて家名に傷をつけられ、親戚には責められ、遺産の取り分まで持っていかれてしまうんだ。」異母兄とはいえ、かわいそうだとは思わないかね？」

痛いところを突かれ、

「……俺、そんなんじゃ……」

「決して悪いようにはしないさ。できるだけのことはさせてもらうよ。だから約束してくれないかな？　認知裁判は起こさないと」

猫撫で声で迫られ、悠吾は耐え切れずに椅子を蹴立てて立ち上がった。

「……俺、言われなくたって、裁判なんかしませんっ……！」

「本当かね!?　それじゃきみがここにいる意味はないんだから、なるべく早く出て行ってもらえるかな？」

「……え……？」

「心配ないよ、アパートは私が手頃なところを見つけておいてあげよう。今の話は鷹矢にはないしょだよ？　それじゃこの書類にサインを……」

欲しい返事を引き出し、嬉々としてなにやら書類を取り出す泰昭に、悠吾は我慢の限界を感じてその場から逃げ出す。

「あ、きみ！　待ちなさい！」

「わかりましたから、今日は帰ってください……！」

追いすがる声をそう叫んで振り切り、階段を駆け上がって自室へと逃げ込み、鍵をかけてしまう。

――やっぱり、俺はもう鷹矢のそばにいちゃいけないんだ……早く出て行かないと、鷹矢にもっともっと迷惑かけちゃう……。

もちろん、泰昭の言いなりになる気などない。

自分の存在が彼の重荷になるくらいなら、消えてしまった方がましだと思った。

――ここを出て行こう。

悠吾はついに追い詰められ、そう決断せざるを得なかった。

その頃、自分の理性に自信が持てず、故意に少年を避け続けていた鷹矢は、移動中の車内でため息の雨を降らせていた。

と、その時携帯に電話がかかってきたので、応対する。

「はい」

その電話は、鷹矢が待ちに待っていたものだった。

「はい……そうですか。すぐにそちらにうかがいますので、詳しくはそちらで」

しばらく短く会話を交わした後に電話を切ると鷹矢はうつむき、しばらく無言だった。

その表情は、一時は受けた衝撃を隠せない様子だったが……。

しかし驚いたことに、次に顔を上げた時、彼の表情はこみ上げてくる喜びを隠しきれずにいた。

「急用ができた。新宿へ向かってくれ」

「は、はい、わかりました」

「急いでくれ」

それだけ告げ、後部座席のシートに身を預ける。

そんな彼の唇の端には、めったに見せない会心《かいしん》の笑みがこぼれていた。

「さぁ、これから忙しくなるぞ」

運転手には聞こえないように、彼は小さくそうつぶやき、携帯でいずこかへ電話をかけ始めた。


泰昭が帰った後も、一人部屋でふさぎ込んでいた悠吾だったが、ぼんやり考えごとをしていると突然ドアがノックされる。

「……誰？」

「山名です。ドアを開けてくださいませ」

「……はい」

さして不審にも思わず鍵を外すと、扉の向こうには山名と、もう一人男が立っていた。どこかで見覚えがあると記憶を辿ると、初めてこの屋敷に来た時に洋服を運んできた人物だということをようやく思い出す。

「失礼して、寸法を測らせていただきます」

悠吾の了解も得ないうちに、彼はさっそくメジャーを取り出して肩幅を測り始める。

「あ、あの……」

「タキシードを作るようにと、鷹矢様が手配してくださったんです。あとでお礼を申し上げてください」

と、ふだんはいかめしい山名が、めずらしく機嫌がいい。

「な、なんでタキシードを？」

「一週間後に、御園崎家一族内輪だけの鷹矢様のバースデイパーティを開くことになったのです。ああ！　毎年嫌がってお流れになってきたのに、ついに鷹矢様も分別《ふんべつ》のつくお年になられた証拠でしょうか。こちらも急いで準備を整えなければ！　大至急縫製《ほうせい》をお願いしますね。パーティに間に合わないと私が叱られてしまいます」

「お任せください」

山名の話から推測すると、鷹矢はふだんパーティ嫌いなのに、今年に限っては自分から率先《そっせん》して言い出したらしい。

しかも父親の死からまだ二ヶ月も経っていない、この時期に、だ。

——でも、どうして……？

彼らしくない行動に微妙な違和感を感じたが、悠吾は大人しくされるがままに身体中の寸法を測られた。

そして、その晩遅く。

ベッドに入ったものの、まったく眠れずに悶々《もんもん》としていた悠吾の部屋の扉が控えめにノックされた。

「……誰？」

「私だ」

鷹矢の声に、悠吾はベッドから飛び起きて急いでドアを開けた。

そこには、数日ぶりにまともに見た鷹矢が立っていた。

まだスーツ姿のままだったので、今帰宅したばかりなのだろう。

「おかえりなさい、今帰ったの？」

「ああ。すまない、起こしたか？」

「ううん、まだ起きてたから……」

無意識のうちに、パジャマの襟元を押さえてうつむく。

こないだまで平気でいっしょに眠ったはずなのに、今は無防備な寝間着姿を見られるのが恥ずかしかった。

そんな悠吾を、鷹矢はただじっと見つめている。

どうして、そんな目で自分を見つめるのだろう。

なにかを思い詰めたような彼の視線が肌をちりちりと焼くようで、悠吾は顔を上げられなかった。

「山名から聞いたと思うが、一週間後に屋敷で私の誕生日パーティを開く。参加してくれるな？」

「……でも、俺は……」

「私の誕生日を、祝ってくれないのか？」

「ちがうよっ」

そういうことじゃない、と言い募《つの》ろうとすると、鷹矢が右手を挙げてそれを制した。

「なら、約束してくれ。必ず出席すると」

そこまで強く言われると、さすがにいやとは言えなかった。

――しょうがない……鷹矢の叔父さんもわかってくれるよな。出て行くのは、鷹矢の誕生日祝いが済んでからにしよう。

やむを得ない、とは建前《たてまえ》で、執行猶予《しっこうゆうよ》が伸びる口実が出来たことに悠吾は内心胸を撫で下ろしていた。

あと一週間。あと一週間だけは鷹矢のそばにいられるのだ。

その事実は、落ち込んだ悠吾をなにより復活させた。

「……うん、わかった」

悠吾がそう答えると、鷹矢はあきらかにほっとした表情を見せた。

「それと、あの……」

「どうした？」

こないだの一件からずっと気にかかっていたことを、悠吾は口にする。

「……温室の薔薇の鉢植え、いくつか壊しちゃってごめんなさい……鷹矢が、あんなに大事にしてるのに……」

あの時は混乱していて、とてもそこまで考えが回らなかった。

が、落ち着きを取り戻してから、悠吾は彼が大事にしている薔薇を傷つけてしまったことをずっと気に病《や》んでいたのだ。

するとと鷹矢は表情を和《やわ》らげ、そっと頭を撫でてくれた。

「気にするな。薔薇よりおまえの方が大事だ」

「……え？」

「これからも、ずっと私のそばにいてくれるな？」

――それって、どういう意味……？　弟として大事で、家族としてそばにいてほしいってこと……？

鷹矢の真意《しんい》が掴めず、悠吾はとっさに返事ができなかった。

薔薇よりも自分の方が大事だと、鷹矢は言ってくれた。けれど、それは家族としての愛情なのだ、きっと。

そう考えると、胸が切り裂かれるほどつらかった。

――だって、俺は鷹矢の本当の家族じゃない……っ、家族じゃないんだから……。

うつむいてしまった悠吾に、鷹矢はそれ以上返事を強《し》いることはしなかった。

そして、

「明日から、またしばらく忙しくなる。帰れない日もあるかもしれないが、山名と喜代の言うことをちゃんと聞くんだぞ？」

と、冗談めかして言う。

その言い方が本当に弟に向かって言う言葉のような気がして、悠吾はつらかった。

「……わかってるよ」

「もう遅いから寝なさい。邪魔して悪かった」

そう言い残し、彼は無人の廊下を歩き、闇の向こうへと消えて行った。

そんな彼の後ろ姿を、悠吾はいつまでも見送り続けた。

◆ ◆ ◆

それからが、またいろいろと大変だった。

なにしろ急に決まったことらしく、すべての準備を一週間以内にしなければならないということで、山名と喜代はほぼパニック状態だった。

早急に庭師を呼び、ふだんから美しく整えている庭園にさらに手を入れさせたり、テラスのペンキを塗り替えさせたり。

山名いわく、屋敷を乱れさせたまま招待客に見せるのは鷹矢の顔に泥を塗るのに等しいのだそうだ。

当の鷹矢はといえば、宣言通りふだんよりかなり忙しいらしく、あの晩に会ったのが最後で顔すら見ていない。

屋敷に帰らずホテルに泊まる日もあったようで、それは悠吾を不安にさせた。

——もしかして、好きな人が出来たのかな……。

どうしてもそんなことを考えてしまう自分が嫌になる。

主不在の中、パーティの準備は着々《ちゃくちゃく》と進み、屋敷内の大掃除も決行され、悠吾も率先して手伝った。

忙しく立ち働いている方が、よけいなことを考えずに済むのでありがたかった。


瞬く間に日は過ぎ、そしてついにパーティ当日。

「……こんなもんかな……」

着慣れないタキシードを羽織《はお》り、悠吾は何度も鏡を確認する。

鷹矢が作ってくれたそれは見るからに上質で着心地もよかったが、元来の童顔が祟《たた》って我ながら七五三みたいだと情けなくなる。

もっと背が高くて、大人の男だったらかっこよく着こなせるかもしれないのに。

一人ぶつぶつと文句を言いながら最後に蝶ネクタイをつけ、準備完了。

部屋を出て一階へ向かうと、ホールにはすでに続々と招待客たちが到着していた。

「……この人数の、どこが内輪なんだよ……」

金持ちの基準はこれだからわからない、と悠吾は呆れる。

一瞥《いちべつ》しただけで上流階級の人間とわかる恰幅《かっぷく》のいい紳士や、孔雀《くじゃく》のように美しく着飾った女性たち。

きっと、会社関係の人間も多いのだろう。想像以上に中年男性の数が多かった。

無理もない、御園崎家の系列で作っていないものはないというほどの巨大グループなのだ。

傘下の企業だけでそれこそ三桁《けた》は下らないだろう。

ここに招待されているのは、大元の親会社のみ、しかも幹部クラスだけなのだろうが、それでさえこの人数だ。

慎《つつ》ましく、さざなみのように談笑《だんしょう》し合う彼らを、階段の手すりからこっそり盗み見した悠吾は、まさに生きる世界が違うのを思い知らされる。

鷹矢と自分は、こんなにもかけ離れた世界に生きている。

初めからわかっていたことではあったが、こういう正式な場へ出るとあらためて痛感させられた。

まだパーティ開始まで少し時間があったので、悠吾はそっと偵察《ていさつ》を引き上げ、客が押し寄せていない二階から上の部屋をゆっくり見て回った。

短い間ではあったが鷹矢と暮らしたこの屋敷を、最後にちゃんと見ておきたかったのだ。

一人になって、思い出だけでも残しておけるように。

――もうすぐ、お別れなんだな……。

感慨を噛みしめながら一部屋一部屋訪れると、廊下の窓から見える庭園の眺めまでが愛しく感じられる。

窓から見える、鷹矢の温室。

その建物が視界に入っただけで、あの狂乱の一時を思い出してしまう。

――もう一度だけでいいから……抱きしめてほしかったな。

叶《かな》うはずもない夢を振り払うと。

「そんなところで、なにをしている」

ふいに声をかけられ、悠吾はふりかえる。

ワインレッドの絨毯を踏みしめながらこちらへやってくるのは、自分と同じデザインの黒のタキシードを見事に着こなした鷹矢だった。

すらりと背が高く、足の長い彼に、その正装は恐ろしいほどよく似合っていた。

――すごい……俺の七五三とは、比べものになんないよ……。

威風堂々《いふうどうどう》とした姿に、悠吾は不覚にも見とれてしまって一瞬言葉が出なかった。

「……すごい、似合ってるよ」

「そうか」

誉められて、鷹矢は少しだけ引き締まった口元を緩める。

「そろそろ時間だ。下へ行くぞ」

「……うん」

このパーティが終わったら、すみやかにここを出て行かなければならない。

その時間は、刻一刻と近付いている。

パーティなんか、永遠に始まらなければいい。

そうしたら、鷹矢と離れ離れにならずに済むのに。

けれど、それは無理な相談だった。

無情にも時計の針は進み、別れの時は確実に近付いている。

面と向かって本当のことを話す勇気は出せそうにないので、悠吾は幾晩もかかって鷹矢

宛の手紙を書いていた。

自分が本当の一帆ではないこと、そして本物は今、ペルーにいること。

そして騙してごめんなさい、と一番伝えたいことを書き綴《つづ》るのに、恐ろしく時間がかかってしまったそれを、悠吾は自室の机の中に忍ばせていた。

「さぁ、おいで」

自分に向かってまっすぐ伸ばされた鷹矢の手を、悠吾は取った。

なぜだか鷹矢はとても晴《は》れ晴《ば》れとしたいい顔をしていたので、それを見ているだけでこっちも嬉しくなってしまう。

好きな人が、鷹矢がしあわせなら、自分もしあわせな気分になれる。

恋ってすごい、と思う。

――もう、くよくよするのはやめよう。

今日は鷹矢の誕生日パーティなのだから、せめて最後に精一杯お祝いをしてあげよう、と悠吾は心を決めた。

彼らがエントランスに面した長い階段を降りてくると、一階のホールに集まっていた客たちの間から感嘆《かんたん》に似たため息が漏れる。

彼らの視線を痛いほど感じて、悠吾は思わずうつむいてしまう。

――そういえば、鷹矢は俺のこと、招待客に紹介する気なんだろうか……?

そうでなければここに同席させるはずがない。

『一帆』の存在を恥に思っているなら、当然パーティの間はどこかに閉じこめておくはずだ。

――でも、そんなことしたら鷹矢とお父さんが笑い物にされるんじゃないのかな……。

今頃そんな重大なことに気付いたマヌケぶりに、悠吾は歯がみしたくなった。

鷹矢と離れることばかりに気がいって、とてもそこまで頭が回らなかったのだ。

そんな悠吾の思いをよそに、招待客たちは準備の整った大広間へと通され、この日のために手配した数人のギャルソンたちの手でシャンパンの抜かれる軽快な音がする。

やがて鷹矢がグラスを手に一段高く設《しつら》えられた舞台に上がり、マイクを手にする。

マイクなしでは大広間の一番奥にいる人々には彼の声が届かない。

つまり、それほど広いのだ。

「本日は私のために、お忙しいところをお集まりいただきましてありがとうございました。本来ならまだ父の喪《も》に服す時期ですが、若輩者《じゃくはいもの》の私がどうにかやっていけるのはここにお集まりいただいた皆様のおかげです。その感謝を込めて、本日はささやかな席を設《もう》けさせていただきましたので、存分にお楽しみください。では、乾杯」

「乾杯！」

あちこちでグラスの触れ合う軽やかな音がして。

王者の風格を思わせる堂々たる所作《しょさ》に、婦人の間からは再び感嘆のため息が漏れた。

「本当に優雅で素敵な男性にお育ちになられましたわね、鷹矢さんは」

「すでに御園崎家当主の貫禄十分ですわね。実に頼もしいですわ」

鷹矢への賛辞を聞きながら、目立たないように人混みに埋もれていた悠吾は自分のことのように誇らしい気分になる。

と、その時。

「こんなところで、なにをしているんだ、きみは」

ふいに背後から腕を摑まれ、慌ててふりかえる。

血相を変えて悠吾の腕を摑んでいたのは、泰昭だった。

その背後には友哉の姿もある。

気の毒になるほど顔のアザが残っている彼は、憮然《ぶぜん》として悠吾と目が合うとぷい、とそっぽを向いた。

「え……鷹矢にどうしても誕生日を祝ってくれって言われて……」

「なんだと？　あいつはいったいなにを考えてるんだ！　こんな服まで新調させて……まさかこの場できみを弟だなどと紹介する気じゃないだろうな」

彼の心配は、どうやらそこにあるらしい。

悠吾が口を開く前に、興奮した彼は覆《おお》い被《かぶ》さるように迫《せま》ってくる。

「今すぐ部屋へ戻るんだ！　でないと……」

「鷹矢はそんなことしませんよ。そんなこと、なにも言ってなかったし」

なぜこんなに落ち着いているのだろう、と自分で不思議になるほど悠吾は冷静に、しかしきっぱりとした口調で言った。

「このパーティが終わったら、俺ここを出て行きますから。だからそれまでは放っておいてください」

毅然《きぜん》とした態度に、さすがに泰昭もそれ以上はなにも言えず、忌々《いまいま》しげに舌打ちして人の波の中へ消えていった。

すると、まだそこに残っていた友哉が、ぼそりと聞く。

「ここを出てって、どうする気だ？」

「さぁ、どうにかなるよ、きっと」

無体なことをしようとした彼を、悠吾はまだ許したわけではなかったが、鷹矢への根深いコンプレックスが原因なのを知ってしまった今、腹立ちというより哀《あわ》れみの気持ちの方が強くなっていた。

すると、そんな気持ちが伝わったのか、友哉が舌打ちした。

「親父は御園崎の財産に目が眩《くら》んでる。だからおまえを追い出したくて必死なんだ。確かに両親も死んでるし一番近い親戚は親父だけど、親父より先に鷹矢になにかある可能性なんて限りなく低いのにな。哀れなもんだぜ」

「……どうして、俺にそんなことを?」

友哉の意図がわからなくて、そう聞いてしまう。

すると彼はわざと悪ぶって鼻を鳴らしてみせた。

「ふん、俺はおまえが認知されて、鷹矢が少しでも伯父さんの遺産を持ってかれた方が痛快なんだよ。それだけさ」

そう言い捨て、彼も父と同じく着飾った人々の群の中へ消えて行く。

今のは彼なりの精一杯の謝罪なのだろうか、と気付くと、悠吾は思わず苦笑してしまった。

そうこうしているうち、パーティは滞《とどこお》りなく進行していく。

悠吾はなるべく目立たないように、誰にも話しかけられないように細心の注意を払って小刻みに移動し、誰かに話しかけられても自分の立場を明かす前にドリンクを取りに行くふりをしてさりげなく逃亡を図るのを繰り返す。

こういう時、立食式パーティというのは実に便利だ。

どこにいても悠吾の視線は常に鷹矢を探していたが、本日の主役である彼は常に大勢の人に囲まれ、身動きできない状態になっていた。

が、時折視線が泳いで誰かを探しているように見えるのは、気のせいだろうか。

鷹矢が探しているのが自分だったらいいのに、と悠吾は思った。

招待客たちはみな口々に御園崎邸の建物や庭園の美しさを褒《ほ》め称《たた》え、先代を亡くしても旧華族としての伝統と体面を微塵《みじん》も揺るがせない若き当主への賛美を惜しまなかった。

――ふう……やっぱり俺はこういうのって苦手だな。

いいかげん人疲れしてしまって、悠吾はこっそりテラスへと避難《ひなん》する。

自然の風に当たると少しほっとして、襟元に指を突っ込んでタイを緩める。

すると。

「こんなところにいたのか」

声をかけられ、ふりかえると、鷹矢がテラスへ出てくるところだった。

「うん、なんか人疲れしちゃって」

「そうか」

鷹矢は悠吾の隣の手すりに右肘《みぎひじ》を乗せ、しばらく無言でなにごとかを考えている。

「主役がこんなとこに逃亡しててていいのかよ。戻った方がいいんじゃないの？」

なんとなく心配になって悠吾がそう言うと、彼は初めて目線を合わせた。

「……おまえに、話がある」

「……なに？」

常にない深刻な前振りに、悠吾の心臓はどくんと大きな音を立てる。

もしかしてDNA鑑定結果が出てしまって、自分の正体がバレてしまったんだろうか。

が、そんな不安をよそに、鷹矢が言い出したのはまったく逆のことだった。

「私の誕生日祝いという名目で開いたパーティだが、本当はおまえを招待客に紹介するために急遽手配した。今からおまえを御園崎家の一員として紹介しようと思っている」

「……え？」

あまりに突然のことに、悠吾は混乱した。

どうやらこれは、泰昭が危惧していた通りの展開になってしまったようだ。

が、困るのは悠吾も同じだ。

いずれ正体がバレてしまうのは確実なのだから、こんな公《おおやけ》の場で鷹矢に恥をかかせたくない。

それだけは、どうしても避けなければならなかった。

「さぁ、いっしょに来てくれるな？」

屈託なく右手を差し出され、悠吾はいやいやをするように首を左右に振って抵抗する。

「一帆……？」

「……ちがう、ちがうんだ、俺……」

言わなければ、どうしても。

勇気を振り絞って、悠吾はついに叫んだ。

「俺、ほんとは一帆じゃないんだ……！」

鷹矢は今、どんな顔をして聞いているだろう？

彼に軽蔑《けいべつ》されるのが怖くて、悠吾は顔を上げられなかった。

そして、うつむいたまま、一気にしゃべる。

「一帆は俺の親友で、今は吉崎さんて人の養子になってペルーに行ってる。一帆にもらったあのオルゴールがすごい高価な物だって知って返しに来たんだけど、あんたに一帆をバカにされたようなこと言われてつい頭にきちゃって……引っ込みがつかなくなっちゃったんだ。ずっと本当のことを言わなきゃ言わなきゃって思ってたんだけど……ほんとにごめんなさいっ！　俺、すぐ出てくからっ……ほんとにごめんなさい！」

そう一気にまくしたて。

そのまま身を翻《ひるがえ》そうとすると、鷹矢の腕が摑んで引き止める。

「待ちなさい、落ち着いて話をちゃんと聞いてくれ」

「離してよっ！　ずっと騙してたんだ……俺、もう鷹矢に合わせる顔ない……！」

彼の腕を無理やりふりほどき、悠吾はテラスから大広間の人込みの中へ身を躍《おど》らせた。

がむしゃらに走って出口に突き進む途中、何人かにぶつかって不審げな顔をされたが、そんなことはもうどうでもよかった。

「待つんだ、悠吾！」

背後から追ってくる鷹矢の声から逃れるように全速力で走り、悠吾は玄関を飛び出し、一気に御園崎邸の正門を抜けた。

ようやく一般道路に出ると、表に出たのは実に久しぶりだったので、とまどってしまう。

が、早く逃げなければ！

急いで脇道に身を隠すのとほぼ同時に、鷹矢が正門前に飛び出してくる。

息を詰めて物陰から様子を窺っていると、すぐに山名がやってきて鷹矢の腕を引いて中へと連れ戻していった。

主役がエスケープしては招待客への侮辱《ぶじょく》になってしまうから、それは当然の処置だろう。

ほっと胸を撫で下ろすとともに、これでついに鷹矢と離れなければならない現実がひしひしと迫ってきて、悠吾の胸を押しつぶした。

「……くよくよしたって、はじまらないよな」

そう自分を勇気付け、とにかく歩き出す。

が、やがて悠吾は重大なことに気がついた。

「俺、ひょっとして一円も持ってない……？」

この屋敷に来てからというもの、外出は許されなかったので金を使う機会が皆無だったから財布を持ち歩くこともしていなかったのだ。

ほんのわずかな金額ではあるが彼の全財産が入った財布は、屋敷の部屋に置きっぱなし

になっている。

けれど今さら取りに戻ることなんて、できるわけがない。

「どうしよう……」

見るからに上質なタキシード姿で、けれど一文無しというちぐはぐな身の上になってしまった悠吾は、途方に暮れた。

ここの最寄り駅から、レストラン『ミカムラ』までは地下鉄で歩いて三駅ほどの距離にある。

多少時間はかかるが、歩いて歩けない距離ではない。

――しょうがない……事情を説明して、マスターに交通費だけ貸してもらえるように頼んでみよう。

そのお金で、天使の家に戻ればいい。

こうなった今、悠吾が身を寄せ、頼る場所は天使の家しかなかった。

てくてくと歩きながら、悠吾はいつのまにか涙が溢《あふ》れてきているのに気付いてぐいっと拳でそれを拭った。

一文無しになった身の上が悲しいからではない。

もう二度と鷹矢に会えないことへの悲しみの涙だった。

「バッカみたいだよな、俺……鷹矢はそんな気ぜんぜんないのに……弟じゃないってわかっちゃったんだから、きっとすごく怒ってる……」

自分にそう言い聞かせても、思い出すのはあの屋敷で過ごした鷹矢との思い出ばかりだ。

初めて薔薇の世話を任せてくれた時のこと。

いっしょに同じベッドで眠った時のこと。

食べ切れないほどのケーキを買ってきてくれた時のこと。

思い出せば出すほど涙は溢れてきて、悠吾はすれちがう通行人に泣いていることを気付かれないようにずっとうつむいたまま歩き続けた。

途中、何度も道を尋ねながら。

一時間半ほどかけて、ようやく懐かしいレストラン『ミカムラ』が見えてくる。

歩き続けで疲れていたが、悠吾は夫妻に心配をかけたくなくて笑顔を作りながら店のドアをくぐった。

「こんにちは」

「はい、いらっしゃい」

客の姿はなかったがすぐに厨房からは応答があり、マスターが顔を覗かせる。

「あの……悠吾です、こんにちは」

「悠吾くん!?　どうしたんだい、この格好は？　ま、とにかく入って入って」

突然の訪問に驚いた夫妻に、なかば強引に店の中へと引っ張り込まれる。

「来てくれてちょうどよかった。実はきみを探していたんだよ。天使の家に電話しても戻ってないって言うし、どこへ行ったのか心配していたんだ」

「え……？」

なぜマスターが自分を捜すのだろう？

突然のことで頭が混乱していてそれどころではなかったのだが、そこでようやく悠吾はまだ店が開店していることの矛盾に気が付いた。

「あれ……？　お店、確か閉店したはずじゃ……？」

「そうなんだよ。それが一週間ほど前に電話がかかってきてね、今までどう頼んでも首を縦に振らなかった銀行が融資をしてくれるって言い出してね。店を閉めずに済んだんだよ。だからきみさえよければ、戻ってきてほしいんだが」

と、夫妻は思いがけない幸運に有頂天《うちょうてん》のようだった。

「どうして急に？　って聞いてみたんだけど、担当者はいくら聞いても言葉を濁《にご》して詳しいことは教えてくれないんだよ。だってどう考えたっておかしいだろう？　今まで何回頼んでも無理だったのに急に向こうから言ってくるなんて」

マスターの話を聞いているうちに、悠吾は一週間前というのに引っかかりを感じる。

――確か、鷹矢が急に誕生日パーティを開くと言い出した頃だ……。

「あの、その銀行って……？」

「花菱《はなびし》銀行だけど？」

花菱銀行は、確か御園崎グループの系列に属しているはずだ。

なんとなく予感がして、悠吾は言った。

「すみませんけど、電話貸してもらっていいですか？」

「ああ、いいよ。どうぞ」

店の電話を借り、天使の家へ電話をかける。

『はい、天使の家です』

電話に出たのは、悠吾がもっとも恩義《おんぎ》を感じている院長だった。

六十を過ぎた年齢ながらまだまだ引退することもなく、若いスタッフに混じって精力的に子供たちの面倒を見ているパワフルで優しい女性である。

「あの、悠吾です。ご無沙汰《ぶさた》してます」

『まぁ、悠吾くんなの？　こないだマスターから電話をいただいて、どこに行ったかわからないというから心配してたのよ』

「ご心配おかけして、すみませんでした。俺は大丈夫ですから」

心配をかけたことを詫び、悠吾は本題へ入った。

「あの、院長。天使の家で、最近なにか変わったことはありませんか？」

『変わったこと、といえばそうなんだけど……』

と、院長はやや声をひそめて、言った。

『実は一週間前、匿名《とくめい》を条件に多額の寄付を申し出てくださった方がいらしたのよ。いくらうかがってもお名前を教えてくださらないの。お礼の申し上げようがなくて、私たちも困っているんだけれど』

――鷹矢だ……。

なんの証拠もないのに、悠吾はそう確信していた。

それが、なにを意味するのか。

――鷹矢は俺のことを、一週間前の時点で素性《すじょう》を知ってたってことだ……。

でなければ、こんなことをするはずがない。

でも、どうして……？

騙されて怒っているはずなのに、どうして自分に関わった人々に援助などしてまわったのだろう……？

「……近いうちに、ご挨拶に伺《うかが》います。院長もお身体に気をつけてください」

『あら、ちょっと、悠吾くん？』

訝《いぶか》しむ院長をよそに受話器を戻し、悠吾はその場に硬直したように立ち尽くした。

「悠吾くん、どうかしたのかい？」

「顔色が悪いわよ？」

なにかあったのかと心配しているマスター夫妻を見上げ、ようやく我に返る。

――鷹矢に、会わなくちゃ……。

会って、どうしてこんなことをしたのか、その理由を問いたださなければと思った。

「……あの！　ちょっと行かなければいけないところができたんで、行ってきます。また戻ってきますから！　話はその後で！」

「悠吾くん？」

それだけ言い残し、悠吾は店を飛び出した。

が、目の前に壁が存在するかのような勢いで、唐突に足が止まる。

店の前に横付けにされた、見覚えのあるメルセデスベンツがあったからだ。

「どうもおまえは、最後まで人の話を聞かなくて困るな」

後部座席から降りてきたのは、まだタキシード姿の鷹矢だった。

おそらく、パーティが終わると同時に屋敷を出たのだろう。

「鷹矢……」

「主役がエスケープするわけにもいかず、パーティが終わるまでどれだけ私がいらいらしたかわかるか？　おいで。話をしよう」

と、鷹矢が手を差し出す。

それに逆らうことなど、悠吾にはとうていできなかった。

言われるままに後部座席に乗り込むと、車は滑《なめ》らかに走り出す。

「あの……」

さっそく切り出そうとして、悠吾は運転手の存在に気がついた。

彼に話を聞かれたら、鷹矢にとってまずいこともあるだろう。

すると鷹矢もそれを肯定するように顎を引き、車内ではなにも話さないように先手を打ってきた。

訊きたいことは山ほどあるのに、我慢していると。

やがて車は屋敷ではなく、日比谷《ひびや》にある一流ホテルの前に停車した。

「時間がかかるから、屋敷へ戻っていてくれ」

運転手にそう告げていったん車を返してしまうと、鷹矢はロビーに向かう。

すると彼の姿を見たとたん、ベルボーイが飛んできた。

ただでさえタキシード姿の二人連れということで目立っているのに、加えて鷹矢の容姿だ。

居合わせた客たちがみな一斉にこちらに注目しているので、悠吾はさらに居たたまれない気分になった。

高級ホテルなだけに、いつ鷹矢の知り合いに出会ってしまうかわからない。

自分とこんなところにいるのを見られてまずくはないのだろうか、とはらはらする。

そうこうするうちにベルボーイに丁重にエレベーターホールへと案内され、着いた先は最上階のスイートだった。

「うわ……」

御園崎邸に慣れてはいた悠吾だったが、近代的なホテルのインテリアや豪華な家具には感嘆のため息を隠せない。

スイートルームなど見たことも泊まったこともなかったが、さすがに一泊数十万するだけのことはあると思った。

「ここはセカンドハウス代わりにときどき泊まるんだ。部屋を所有するより、ホテルの方が面倒がなくていい」

ベルボーイを帰した後、鷹矢がルームサービスの紅茶を取ってくれる。

紅茶が届き、ようやく落ち着いて差し向かいで豪華なアイボリーのソファーに座った二人だったが、いざとなるとどちらからも話を切り出せない。

立ちのぼる紅茶の湯気を前に、二人をさらなる沈黙が襲《おそ》った。

「……一つ、訊きたいんだけど」

勇気を出して、切り出したのは悠吾が先だ。

「俺が一帆じゃないってわかってたのに……どうしてマスターや天使の家を援助なんかしたんだよ？」

するとと鷹矢は、手にしたカップ越しにじっと彼を見つめた。

「おまえが世話になった人たちに、私なりの礼がしたかったからだ」

「……え？」

言葉の意味がわからず、悠吾は混乱する。

「なんで……？　俺、嘘ついて鷹矢のこと騙してたのに、なのにどうしてそんなこと言うんだよ？」

すると、鷹矢はカップをソーサーに戻して、言った。

「一週間前、ＤＮＡ鑑定の結果と、私が独自に依頼していた探偵社からの報告書が届いた。おまえと一帆の関係も、なにもかもぜんぶわかった。その時、私がまずなにを考えたか、わかるか？」

見当もつかなかったので、悠吾は首を横に振った。

「おまえと血が繋がっていなくてよかったと、私はそれしか考えてなかった。本物の一帆のことも、なにもかも他はどうでもよかった。実の弟に惚れたのが、このところの私の最大の悩みだったからな」

「鷹矢……」

思いもかけなかった告白に、悠吾は言葉が出なかった。

いつかの温室で、鷹矢が途中で行為をやめたのも、それが原因だったのだ。

いくら異母弟とはいえ、血の繋がった弟に手を触れるには相当のタブーを乗り越えなければならなかったのだろう。

「初めて会ったあの時、私は確かに一帆を侮辱するような失言をした。おまえは親友を辱《はずかし》められて腹を立て、なりゆきから後には引けなくなった。おまえが悪いんじゃない。事実、おまえはずっと悩んでいた。いつ本当のことを告白しようかとな」

「俺のこと……怒ってないの……？」

「怒ってるとも。これから先、一生私のそばで償《つぐな》ってもらいたいほどな」

「鷹矢……」

「だから、今日のパーティでおまえを養子として紹介することを思いついた。実の弟としてじゃない。男同士の結婚の形として、だ」

知らなかった。鷹矢が、そこまで覚悟を決めていたなんて。

「し、信じらんねぇっ……俺、あんたのこと騙してたのに……それに、俺に訊きもしないで勝手にそんな重大なこと決めんなよっ……」

口ではそうなじりながらも、悠吾の大きな瞳からは思わず嬉し涙が零《こぼ》れ落ちる。

「そうか、ちゃんと説明しておけばよかったな。そうしたら誰かさんが勝手に早とちりして、人の話も聞かずに屋敷を飛び出して行ってしまうこともなかっただろう」

と、鷹矢が茶化《ちゃか》す。

「……ごめん、もう鷹矢のそばにいられないと思ったから」

あの時の切なさが胸にこみ上げてきて、悠吾は言葉をとぎらせた。

「でも、すごくつらかった。鷹矢のそばから離れたくなくて、ずっと言い出せなかったんだ。ごめんなさい……」

唇を噛み、うつむいた悠吾の瞳から再び大粒の涙が零れたのを見て、鷹矢が立ち上がった。

そして悠吾の足下《あしもと》に跪《ひざまず》き、そっとその手の甲に唇を押し当てる。

まるで騎士《ナイト》のようなしぐさに、悠吾の胸は大きな音を立てて高鳴った。

「父の跡を継ぐ重責に喘《あえ》いでいた日々の中で、おまえに出会って、見るもの聞くものすべての世界が変わったような気がした。おまえだけが、私を御園崎家当主としてではなく、一人の人間として接してくれた。天真爛漫《てんしんらんまん》でいつもきらきら輝いていて、いつのまにか目が離せなくなっていた」

「鷹矢……」

「愛してる。これからずっと、そばにいてくれるか？」

男らしい彼の双眸《そうぼう》にじっと見据えられると、思わず頷いてしまいそうになるのを悠吾は必死に堪えて首を横に振る。

「そんな……ダメだよ、鷹矢と俺とは生きてる世界がちがう……！　いつかきっと俺は鷹矢の邪魔になるよ」

「御園崎の財産なんか、欲しければ叔父にくれてやる。私が欲しいのは、そんなものじゃない。わからないのか？」

「鷹矢……」

「おまえの気持ちはどうなんだ、聞かせてくれ」

いつのまにか、鷹矢の両手が悠吾の二の腕を摑み、激しく揺さぶる。

その情熱に負け、悠吾は告白せざるをえなかった。

「……俺だって、好きだよっ……大好き……!!」

それを聞くと。

恐ろしいほど真剣だった鷹矢の表情が、ふと緩んだ。

「なら、もう遠慮はしない」

言いざま、いきなり悠吾を抱き上げて隣のベッドルームへと歩き出す。

「ちょ、ちょっと鷹矢!?」

突然の展開に、悠吾の胸はもう爆発寸前だ。

――そ、そんな……いきなりこんなのって……心の準備がっ！

悠吾だって健全な男の子だ。

あのキスの先になにが待っていたのか、想像しないわけではなかった。

けれどこんなに唐突にその機会が訪れてしまうと、情けないほど慌てるばかりだ。

大人が三人は並んで寝られそうなベッドの上にそっと降ろされると、悠吾は無意識のうちに後じさった。

「ちょ、ちょっと待ってよ……っ」

「待てない」

「せ、せめてシャワーを浴びさせてよっ」

「だめだ」

あっさり言って、鷹矢は上着を脱ぎ捨て、外したカマーバンドとタイを床に放り出した。

「たとえ今この場に警官が踏み込んできて、未成年淫行罪《いんこうざい》で逮捕すると言ったって、終わるまでそこで見ていろと言うぞ、私は」

糊《のり》の利いたシャツとスラックスだけになり、袖口のカフスを外す鷹矢の姿に、悠吾の胸に甘い戦慄《せんりつ》が走った。

それは、初めて見る鷹矢の雄《おす》の顔だった。

今目の前にいる自分を押し倒し、身体の奥まで暴いて我が物にすることしか考えていない。

今まで見られなかった一面をさらけ出してくれたのは、鷹矢の欲望に火を点けるに値する存在だと自惚《うぬぼ》れていいのだろうか？

そう考えただけで、悠吾はしあわせで満たされた。

男として、同性に抱かれることに抵抗がないわけではない。

けれど彼になら、なにもかも奪われてもいいと思った。

なにもかも、捧げたいと思った。

そんなことを考えているうちに、ベッドに膝を乗り上げてきた鷹矢の腕に捕らえられ、同じように一枚一枚服を剥《は》ぎ取られていく。

されるがままに身を委ねていると、自分の強引さに良心が痛んだのか、鷹矢がそっと悠吾の頬に手を触れた。

ためらいがちなキスが降ってくるのを、悠吾は目を閉じて待った。

初めて、想いが通じ合っていると知ってからのキスだ。

ゆっくり目を開けると、目の前の鷹矢はなぜか苦しげな表情をしていた。

「おまえは、ぜんぜんわかってない。私が今日までどんな思いで我慢してきたか。どれほどおまえをこうしたかったかを……」

やや恨みがましい口調に思いがけない子供っぽさを感じて、悠吾は思わず笑ってしまった。

「……私に触れられるのは、いやか？」

ううん、と悠吾は首を横に振る。

「俺も……ずっと鷹矢にこうしてほしかったよ。ほんとだよ？」

「悠吾……」

彼の両腕に強く抱きしめられ、初めて本当の名を呼ばれ、喜びで胸が震えた。

そういえば、屋敷を飛び出す時、鷹矢は『悠吾』と呼んでくれていた。

その時点で気付かなかった自分の馬鹿さ加減がいやになる。

「もっと、俺の名前呼んで。ずっと、呼んで欲しかったから」

けなげなその言葉にたまらなくなったのか、鷹矢はついに腕の中の少年をシーツの上に組み敷いた。

「悠吾……悠吾」

そして、彼の望み通り、何度も何度も名を呼びながら、自分の望み通りにその滑らかな胸を唇で辿り、愛撫する。

ようやく愛しい少年をこの腕に抱いた喜びは言葉では言い尽くせず、鷹矢はまるで初体験の時のような緊張に襲われていた。

「……あっ……」

いとおしげに胸の尖りを口に含まれ、悠吾の身体がびくりと反応する。

少年のすべてを味わい、堪能するかのように鷹矢の両手のひらはその薄い胸から華奢な腰、そして太股へと降りていく。

どこを触れられても過剰に反応してしまうのを止められず、悠吾はぎゅっと唇を噛みしめた。

鷹矢に触れられているだけで、すでに痛いほど張り詰めているのを知られてしまうのが恥ずかしかった。

「や……見ないで……」

思わず両手で隠そうとするのを、鷹矢が押しとどめる。

「じっとしていろ」

そう言って、彼は羞恥《しゅうち》に震える少年自身に唇を寄せた。

「た、鷹矢⁉」

同性のものを口に含むのはもちろん初めてだったが、嫌悪感はなかった。

むしろ少年へのいとおしさは募《つの》り、丹念に舌でいとおしみ、愛撫する。

「や……あっ……」

自分の腕の中で、まるで陸に打ち上げられた魚のように少年の身体がびくびくと震える。

明らかに行為に慣れていない彼は、鷹矢から与えられる快楽の波に溺《おぼ》れまいと必死に踏みとどまっていた。

「我慢することはない。出していいんだぞ？」

そう促すが、悠吾はふるふると首を横に振った。

「だって、鷹矢は……まだじゃんか」

羞恥でほんのりと紅《あか》くなっている頬が可愛くて、またキスをしてしまう。

「私はいいんだ。おまえさえよくなってくれれば」

それは、鷹矢の偽《いつわ》らざる本音だった。

おそらく初めての行為である少年に、いきなり自分の欲望を受け入れろというのは酷《こく》な話だ。

やせ我慢もここに極《きわ》まれりかもしれないとは思ったが、悠吾のためを思って今夜は最後までするつもりはなかった。

だが、負けず嫌いな少年はそう言われるとますます引っ込みがつかなくなったのか、きっと眉を吊り上げる。

「こ、子供だと思って手加減すんなよなっ、俺だって……！」

言うなり、鷹矢のベルトに手をかけてぎこちない手つきながらも前をくつろげる。

少年がどうするのか、いたずら心が沸いてわざとされるがままにしていると。

悠吾はおそるおそる、まるで触ったら火傷《やけど》をするかのように鷹矢の昂ぶりに触れてきた。

握ったはいいものの、それからどうしていいかわからないで狼狽《うろた》えている姿が可愛くて、鷹矢は我慢できずに自ら動いてしまう。

「ほら、こんなのはどうだ……？」

少年の手を取り、痛いほど張り詰めている自分と彼を触れ合わせ、同時に互いを高め合う行為に参加させる。

「あ……」

予想もしていなかっただろう淫《みだ》らなふるまいに、少年が小さく喘いだ。

「だめだよ……そんなにしたら……」

ベッドの上で半身を起こして向き合っていた姿勢が、じょじょに前のめりになり。

鷹矢の肩口に必死にすがりついてその快楽を堪えるが、次第にぐずぐずと力が抜けていって、しまいには横にバランスを崩してしまう。

そこをすかさず仰向けに組み敷いて、鷹矢はだめ、だめと繰り返す少年の唇を情熱的に塞いでやった。

「ふ……んっ……」

継ぐ息すら奪うほどの口付けの合間にも、手の動きは一瞬たりとも休めず、全身全霊《ぜんしんぜんれい》で少年を追い上げていく。

「……いいか？」

言葉もなく、悠吾がまなじりに涙を溜めながらこくこくと首を縦に振る。

我ながら親父くさいと反省しながらも、鷹矢は初々《ういうい》しい少年の媚態《びたい》にこれ以上はないくらい熱くなっている自分を自覚していた。

「……俺、どっかおかしいのかもしんない……」

鷹矢の首にしがみつき、喘ぎながら悠吾が涙声でつぶやく。

「なぜ？」

「……だって、鷹矢に触られてるだけで、こんなになっちゃうなんて……」

自分の身体の急激な変化に、少年はひどく戸惑っている。

限界が近付いているのを物語るように、二人の手を透明な蜜が濡らし、くちゅりと淫らな音を立てる。

「だめ……っ、も……だめ……っ」

もう我慢できない、と悠吾が訴え、腕の中で身を震わせる。

その華奢な身体を渾身《こんしん》の力で抱きしめながら、鷹矢はたとえようのない幸福感に身を委ねていた。

「なら、私はもっとおかしくなってるな。おまえが可愛くて可愛くて、頭がどうにかなりそうだ」

耳元でそう囁き、呼吸も荒く少年と自らを追い立てる。

「鷹矢……ぁっ……」

経験のない少年にはもうひとたまりもなく、悠吾は小さく悲鳴を上げて四肢《しし》を突っ張らせながら飛沫《しぶき》を迸《ほとばし》らせた。

「……ん……」

無意識のうちに寝返りを打とうとして、かなわない。

誰かにきつく抱きしめられているのに気付き、悠吾は上を見上げた。

自分を抱きしめたまま、心地よさそうに眠っているのは、同じく全裸の鷹矢だ。

彼の顔を見た瞬間、ゆうべのできごとを一瞬のうちに思い出し、顔から火が出そうになる。

——そうだ……あれから結局朝まで寝ちゃったんだ……。

悠吾は、おそるおそる自分の身体を確かめる。

胸元にある、数え切れないほどの紅い鬱血《うっけつ》の跡に、思わず赤面してしまう。

とはいえ、下半身に違和感はまったくないし、イッてから記憶がないところを見ると、やはり鷹矢は最後までしなかったようだ。

——ああ……俺のバカバカっ、自分だけ気持ちよくなって寝ちゃうなんて。

失敗を悔《く》いて、自分の頭をポカポカと殴る。

エッチの反省が済み、ようやく冷静さを取り戻すと、それよりなによりマスター夫妻にすぐ戻るからと言い残してきたのに、結局一晩戻らなかったことを思い出して顔面蒼白《そうはく》になる。

鷹矢だって連絡もせずに外泊してしまって、今頃山名が血相変えているのではないだろうか？

どうしようどうしよう、とさらに狼狽えていると。

悠吾の動揺が肌から伝わったのか、鷹矢が身じろぎして薄目を開けた。

「起きたのか……？」

その表情が、なんだか満腹になって満足しきったライオンのように見えたので、嬉しくなってしまう。

鷹矢は、こんな貧弱な自分の身体を触るだけで満足してくれたんだろうか。

最後までできなかったのに、きらいになったりしていないだろうか。

それだけが、もうなにも望むことはない悠吾の、最後の気がかりだったから。

だからそんな鷹矢の顔を見た瞬間にすべて頭から飛んでしまって、なにもかもどうでもよくなってしまった。

「……うん、おはよ」

「おはよう」

まだ眠そうな鷹矢が腕だけ伸ばして少年を引き寄せ、二人はおはようのキスをした。

「……なんか、照れるよ、こういうの」

悠吾は照れ隠しにそうつぶやくと。

「早く慣れろ」

鷹矢の切り返しは、しごくもっともなものだった。

「結局夕飯は抜いてしまったから腹がすいただろう。今ルームサービスを頼もう」

ホテル備え付けのガウンを羽織った鷹矢が内線電話をかける。

悠吾がガウンから昨日のタキシードに着替えようとすると、鷹矢はそれを止めた。

「今、下のブティックで着替えを見繕わせるから、それまでガウンでいなさい。さすがにタキシードで戻るのもおかしなものだからな」

「あ、うん……」

とはいえ、ガウンの下は下着もつけていない全裸なので、悠吾はひどく落ち着かない気分だ。

そうこうするうちに注文した朝食が部屋に届き、ボーイが運んできた白いクロスのかかったテーブルを挟んで食事にとりかかる。

かりかりに焼かれたベーコンにオムレツ、それに温かいクロワッサンにテーブルロール、ヨーグルトに絞り立てのオレンジジュース。

コーヒーにたっぷりのミルクがつけられているのは、悠吾の好みをわざわざ鷹矢が伝えてくれたせいらしい。

――どうしよう……。

大事に、今まで誰にもされたこともないくらいに大事にしてもらっている。

そう思うと嬉しくてたまらないのと同時に、なぜか不安になってしまう。

想いは叶って、鷹矢と気持ちが通じ合うことはできたけれど、自分と彼の立場が変わるわけではない。

いつかきっと、彼をあきらめなければならない日が訪れる。

結ばれないままあきらめるより、その温もりを知ってしまってから別れる方が何倍もつらいだろう。

――でも、後悔はしてないよ、俺。

本当に、鷹矢のことが好きだから。

今彼の腕に抱かれて、しあわせだから。

胃の中はからっぽのはずなのに、悠吾はなんとなく胸がいっぱいであまり喉を通らなかった。

「どうした？　食欲がないのか？　もしかして、身体の具合が悪いのか？」

「ううん、そんなことない。心配性《しょう》だな、鷹矢ってば」

心配する鷹矢に、無理に笑顔を見せてやる。

食事を終えてほどなく、部屋のインターフォンが鳴り、鷹矢が頼んだ着替え一式が届けられる。

こんなにお金を使わせて……と悠吾がやや罪悪感に浸っているうちに、鷹矢はさっさとその新品のスーツに着替えを済ませていた。

ややあって、再びインターフォンが鳴ると、鷹矢はなぜか含み笑いを漏らす。

「さて、プレゼントの到着だ」

「プレゼント……？」

「私から悠吾へのプレゼントだ。きっと気に入るぞ」

そう告げ、鷹矢は芝居がかったしぐさで部屋のドアを開いた。

そこに立っていたのは……。

「……一帆……!?」

悠吾は思わず我が目を疑った。

そこには、今ペルーにいるはずの一帆がスーツケースを携《たずさ》えて立っていたのだ。

が、その姿は夢でも幻でもなく、一帆はいつもの笑顔で両手を差し出してきた。

「久しぶり、悠吾。元気だった？」

約一ヶ月ぶりに親友の顔を見たとたん、なんだかタガが外れてしまって、悠吾は自分が泣いてしまっていることに気付く。

「……一帆こそ……元気そうで、よかった、ほんとに」

涙でぐしょぐしょの顔で一帆に抱きつくと、彼は優しく背中を撫でてくれた。

「あ〜もう、泣かないの、嬉しい再会なんだから。これも、鷹矢さんのおかげなんだよ？」

「鷹矢の……？」

そこでようやく彼の存在を思い出してふりかえると。

混乱して大泣きしている自分の肩を支えるように寄り添っていた鷹矢が、堂々とした所作で一帆に対峙《たいじ》する。

「初めまして、御園崎鷹矢です」

と鷹矢が優雅に右手を差し出すと、一帆もにっこりしてそれに応じる。

「初めまして。早瀬一帆です」

これが正真正銘、異母兄弟である彼らの初対面だった。

「慌ただしくて申し訳ないが、私は仕事があるのでここで失礼する。夕方迎えに来るから、それから三人でいっしょに屋敷へ帰ろう。二人で積もる話もあるだろうからな」

と、鷹矢が茶目っ気たっぷりに悠吾に向かってウインクする。

「……鷹矢……ありがと、ほんとに」

「食事や飲み物はレストランでもルームサービスでも好きにしなさい。それと、なにかあったらすぐ電話するんだぞ？」

「うん、わかった」

一人エレベーターへ向かう鷹矢にいってらっしゃいと手を振って見送ってからふりかえると、一帆が意味ありげな含み笑いを浮かべている。

「な、なんだよ、その顔は？」

「べつに〜〜大事にされてるなって思ってさ〜〜ちょっと妬けちゃうね」

「……え？」

まるで自分たちの関係を知っているかのような発言に、悠吾は硬直する。

するとその反応を見て、一帆のにやにや笑いはさらに激しくなった。

「僕、どこまで知ってると思う？」

「か、一帆……？」

そこで、悠吾は自分が彼に謝らなければならないことを思い出し、恥ずかしがってる場合ではないと神妙《しんみょう》な表情になった。

「あの、俺……一帆に謝らなきゃいけないことがあるんだ」

「とにかく座って話そうよ。ね？」

「う、うん……」

一帆に手を引かれ、二人はソファーに並んで座る。

それから、一帆は今ここへ到着するまでの経緯を説明し始めた。

「事の発端《ほったん》は、今から一週間くらい前のことだよ。突然鷹矢さんから電話があったんだ」

「……え？」

「彼から、ぜんぶ聞いたよ。悠吾が今彼のところにいると知った時はすごくびっくりしたけど、でも嬉しかった。わかったんだ、悠吾が僕のために怒って、引っ込みがつかなくなっちゃったってこと。鷹矢さんも僕と同じ意見だった。悠吾はいずれバレるのがわかっててそんなことするほどバカじゃないからね」

「一帆……」

でもね、と一帆はおかしそうに肩を震わせた。

「おかしいのは、鷹矢さんが電話してきたのは、異母弟の僕にって言うより、悠吾の親友である僕にって感じだったこと。本題からだんだんずれてって、気がついたらいつのまにか悠吾はどんな子だったのか、とか、好きな本とか音楽とか、食べ物のこととか根ほり葉ほり訊くのは悠吾のことばっかりでさ。国際電話だっていうのに、ものすごい長電話になっちゃったよ。あれで、鷹矢さんの気持ちに気がつかない方がどうかしてるね」

――鷹矢ってば……もうっ。

親友にのろけを聞かれたようなもので、悠吾は恥ずかしさで顔から火が出そうな思いだった。

「でね、彼とよく話し合ったんだ。僕はこの通り吉崎さんの籍に入って養子になり、ペルーにいる。御園崎に認知される気はまったくないって、はっきり言ったよ」

「一帆……」

「正直、母さんのことで父さんを恨んだこともあったよ。けどそれは鷹矢さんにはなんの関係もない。ちょっと無愛想な感じだけど、いい人だね。よかった、僕の血を分けた兄さんが悪い人じゃなくて」

一帆にしてみれば、突然のことでいろいろ思うところはあったにちがいない。

だがそうした迷いを微塵も感じさせないところに、彼の強さを見た気がした。

「でも、いろいろ法律的な手続きとかあるらしくて、どっちにしろ一度は帰国しなくちゃいけないらしくてさ。切符の手配も渡航費用を出すのも鷹矢さんがぜんぶやってくれた。悪いなって思ったけど、それくらいは兄さんに甘えちゃってもいいかなって思ってさ」

と、一帆はちゃっかり舌を見せた。

「まだ一ヶ月しか経ってないのに、すごく久しぶりな気がする。吉崎さ……父さんたちも事情を説明したら快《こころよ》く送り出してくれたんだ」

嬉しそうに話すその表情で、一帆が今とてもしあわせなのだというのはとてもよく伝わってきた。

「いい人の養子になれて、ほんとによかったね、一帆」

嬉しくてまた涙ぐむ悠吾に、一帆は笑い出した。

「どうしたんだよ、悠吾。天使の家にいる時は僕のが泣き虫で、いっつもべそかいて、悠吾が励《はげ》ましてくれてたのにさ」

「うるさいなっ、人間は嬉しくったって涙が出るんだよっ」

照れ隠しに、悠吾は親友の首にしがみついてやった。

「……ごめん。俺がよけいなことしちゃったから、一帆を混乱させたんじゃないかってすごく心配だったんだ」

「……ううん、そんなことないよ。かえって、これですべて片がついてよかったって思ってる。悠吾のおかげだよ、ありがとう」

引き離した悠吾を見つめ、一帆はにっこりした。

「だから、心おきなく鷹矢さんの養子になってね」

「……え……？」

「鷹矢さん、そのつもりだっただろ？　僕、電話で相談されたもん」

それを聞いて、悠吾は思わず耳まで紅くなる。

「お、俺にないしょで、二人でそんな相談してたのかよっ」

「ま、僕が認知されたがってたとしても彼はそれとは別にそうしただろうけどね。やっぱりあいうトップに立つ人って決断力あるよね〜こうするって決めたら、一直線だもの。よっぽど悠吾のこと、好きなんだね」

「そ、そんなこと……」

悠吾はもう、恥ずかしくて穴があったら入りたい気分だった。

それから二人は、息もつかずに離れていた間のお互いの近況を報告しあった。

時間が経つのも忘れてしまい、うっかり昼食を食べそこなってしまうほどだった。

瞬く間に夕方になり、やがて予告した通りに鷹矢が二人を迎えに来る。

そして三人は車で彼の屋敷へと向かった。

立派な門構えと広大な敷地に、初めてそれを見る一帆はやや緊張した面持《おもも》ちだ。

「おかえりなさいませ、鷹矢様」

いつもと同じように出迎える山名と喜代の表情が、やや不安げに見えるのは気のせいだろうか。

二人の目が、初めて見る一帆が誰なのかと訴えている。

鷹矢はまだ本当のことを彼らになにも話していないのだろうか、と悠吾は思った。

すると、鷹矢が口を開いた。

「あとで二人に話すことがある。だがその前に私たちは父の書斎にいる。しばらく三人だけにしてくれ」

「かしこまりました」

そして、鷹矢は悠吾と一帆を連れ、三階にある鷹昭の書斎へと向かった。

「悠吾、部屋に置いてあるあのオルゴールを持ってきなさい」

「あ、うん」

言われた通り、悠吾は自分の部屋に入り、テーブルの上に置きっぱなしになっていたオルゴールを持って二人のいる書斎へ戻る。

「はい、これ」

受け取ったそれを机の上に置くと、鷹矢は父の書斎の片隅にある金庫のダイヤルを回し始めた。

「父の遺品を整理していて、一つだけなんの鍵かわからないものがあった。たぶん、このオルゴールの鍵だろう。弁護士立ち会いの元で正式な手続きをする時に改めて開けるつもりだったが、一帆にそのつもりがないなら今開けようと思うが、いいか？」

「……はい」

一瞬迷った後、一帆はしかしきっぱりと答えた。

「母もずっと、中になにが入っているのかを気にしていましたから」

やがて金庫の扉が開き、鷹矢は中から小さな鍵を取り出した。

そして三人が固唾《かたず》を呑んで見守る中ついに、かちりと小さな音を立て、十数年の時を経てオルゴールの蓋が開かれる。

「……これ……」

中に入っていたのは、数枚の便せんだけだった。

年月を物語るように茶色く変色し、乱暴に扱《あつか》ったらすぐ破れてしまいそうだ。

「これを最初に読む権利は、きみにある」

鷹矢にそう促《うなが》され、一帆はやや緊張した面持ちでおずおずとそれを開いた。

やがて一帆は、二人のためにその手紙を声に出して読み始めた。

『これから生まれてくる、最愛の我が子へ。きみがこの手紙を読む時には、もしかすると私はもうこの世にはいないかもしれない。たぶん、きみも自分の置かれた境遇がわかるほどの大人に成長していることだろう。言い訳にしかならないが、私は家のために自由な結婚が許されない身だった。家を背負う重圧に耐えるのが精一杯の私には、家を捨ててきみのお母さんと逃げる勇気はなかった。きみと、きみのお母さんにはとてもつらい想いをさせてしまったふがいない父だが、どうか許してほしい。お母さんにきみを認知したいと申し出たが、固く拒まれてしまい、何度言っても考えを変えてはくれなかった。だからこうしてオルゴールにこの手紙を忍ばせ、これは子供にあげるもので、なにがあっても手離さないように、そしてなにか困ったことがあったらいつでもこれを持って私のところへ来るように伝えてほしいと頼んでおいた。この手紙とオルゴールさえあれば、私はいつでもきみを認知するつもりでいる。どうか、私が生きているうちに一目《ひとめ》だけでもきみに会えるといいのだが。一日も早く、成長したきみに会える日を心待ちにしている。そして……いつでもきみたち親子を見守っている。御園崎鷹昭』

最後は、涙で語尾《ごび》が震えていた。

一帆は大粒の涙をぽろぽろと零しながら、その手紙をしっかりと胸に抱きしめた。

鷹昭の、彼らに対する愛情が文面からひしひしと伝わってきて、悠吾も思わずもらい泣きしている。

鷹矢も神妙な面持ちで、二人が泣きじゃくるのをただじっと見つめていた。

「家柄や体面を守るためだけの愛のない結婚は、きみたち親子もそして私の母をも不幸にした。父の失敗を見ている私は、同じ過ちはぜったいに繰り返さないとここに誓う」

「鷹矢……」

鷹矢にしてみれば、家のための跡取りとして強制的に世に送り出された自分より、父に愛されて生まれてきた一帆がうらやましいのかもしれない。

彼の気持ちを考えると、悠吾はまたあらたな涙が溢れてきた。

すると、ようやく気を取り直した一帆が鼻を啜りながら言う。

「父のことは、新聞の写真でしか見たことがなかったのでどんな人なんだろうって想像するだけでした。でも、この手紙でよくわかりました。認知なんかしてもらわなくていい。本当に、この手紙だけで充分です。大事にします」

その言葉に無言でうなずくと、鷹矢はオルゴールと鍵も一帆に差し出した。

「父がきみに選んだ贈り物だ。大切にしてくれ」

一度は悠吾にあげてしまったものなので、一帆の瞳が悠吾を捕らえたが、悠吾は後押しするように力強く頷いてやった。

「……はい」

一帆は再び手紙をオルゴールの中にしまい、大切そうにそれを胸に抱いた。

——鷹矢って、すごいな……。

彼の一帆への対応を見ていて、悠吾はつくづく感心する。

両親から受けた愛情の薄い自分のつらさを押し隠し、彼らに愛されていた一帆の気持ちを第一に考えるなど、なかなかできることではない。

もし自分が同じ立場だとしたら、鷹矢のように余裕のあるふるまいができるだろうか。

たぶん、無理にちがいないと思う。

——こんなにすごい人が、俺の好きな人なんだよ、一帆。

一帆だけでなく、世界中の誰にでも自慢をしたいほど誇らしい気分だった。

思わず鷹矢をじっと見つめると、その視線に気付いた鷹矢が優しく微笑んでくれる。

万感《ばんかん》の想いを胸に、悠吾は彼に微笑み返した。

◆　◆　◆

そして、一週間後。

財産放棄《ほうき》のすべての手続きを終え、ペルーへ戻る一帆を見送るために、鷹矢と悠吾は成田空港にいた。

一帆の存在を知った泰昭は、初めは大騒ぎしたものの、彼が遺産放棄したいとの意向を告げるところりと態度を変えた。

『一帆』が本物であろうがなかろうが、鷹矢の遺産を横取りされなければそれでいいらしい。

悠吾の養子の件はまだ彼に話すつもりはなかったので、その時が見物だな、と鷹矢は一人笑いを噛み殺すのに苦労した。

「それじゃ、そろそろ行くね」

いつまでもぐずぐずしていると、別れがつらくなるばかりだ。

そう決心した一帆が、二人にそう告げる。

「……元気でね、一帆」

　涙は見せまいと必死に我慢している悠吾は、それだけ言うのがせいいっぱいだ。

「うん、悠吾も。それに、鷹矢さんも」

「気をつけて。帰国した時にはいつでも遊びに来てくれ。法的には別として、私たちは血を分けた兄弟なんだからな」

「……ありがとうございます。そうさせてもらいます。悠吾の顔も見たいし」

晴れ晴れと笑って、一帆は言った。

バイバイ、と明るく手を振りながら、一帆の姿が出国ゲートの向こうへと消えて行く。

彼が見えなくなるまで手を振り続けながら、ぽつりと悠吾が言う。

「……ちょっとだけ、泣いてもいい？」

「遠慮するな、見なかったことにしてやるから」

わざと明るく言って、鷹矢が少年の頭を自分のスーツの胸元に引き寄せる。

優しく頭を撫でられ、それまで堪えていた涙が堰《せき》を切ったように溢れ出た。

自分の胸にしがみつき、声を殺して泣く少年の髪を、鷹矢は無言のままずっと撫で続ける。

「鷹矢ぁ……」

「ん？　なんだ？」

「俺、なんの役にも立たないかもしれないけど、ずっと鷹矢のそばにいるからね。ぜったい鷹矢を一人にはしないから……だからもう、悲しい顔しないで」

「悠吾……」

少年がなにを言いたいのかが伝わってきて、鷹矢は彼を抱き寄せる腕に力を込める。

世間一般には何不自由のない生活を送っていると思われがちな名家の闇の部分を垣間見た少年は、あらためて鷹矢の置かれた境遇《きょうぐう》に愕然としたのだろう。

その必死のけなげさがいとおしくていとおしくて、たまらなかった。

「……私の方がおまえをぜったいに離さないから、安心しろ」

力強く、耳元でそう囁《ささや》いてやる。

本当に、何度抱きしめても口付けても、足らなかった。

この一週間、一帆が滞在していることで悠吾の部屋へは行かれなかった鷹矢の忍耐もそろそろ限界に達しかけていた。

「お帰りなさいませ」

屋敷に戻ると、ふだん通りに山名と喜代が出迎えてくれる。

先代から仕えている信頼厚い彼らにだけは、鷹矢が今までのすべての経緯《いきさつ》を説明してくれていた。

最初はさすがに驚きを隠せなかった二人だったが、鷹矢の想いが真剣であることを知ってなにも苦言は呈さないことにしたらしい。

お互い、なんとなく気まずくてその話題には触れずに今日まで来てしまったのだが。

「あの……山名さん、喜代さん」

いつまでも先延ばしにすることはできないと覚悟を決め、悠吾は言った。

「今まで嘘ついてて……本当にすみませんでした。許して下さい」

と、二人に向かって、深々《ふかぶか》と頭を下げる。

すると、先に慌てたのは喜代だった。

「まぁまぁ、やめてください。そりゃぁ、一帆様でなかったことにはびっくりしましたけど、私はすっかり悠吾様のファンになってしまった後でしたからね」

「喜代さん……」

明るい喜代の対応に、自分もなにか言わなければと思ったのか、山名がわざとらしい咳払いをして皆の注意を引く。

「私の立場としてお二人の仲は賛成しかねますが、あなたが来てから鷹矢様は変わられました。それに関してはお礼を申し上げねばと思っております」

「……山名さん」

「さ、お二人とも、ぐずぐずせずに早く着替えてらしてください。すぐに夕食の時間ですからね」

これはきっと、不器用な彼なりの応援なのだ。

山名に部屋へと追い立てられ、鷹矢と悠吾は思わず顔を見合わせて笑ってしまった。

「二人とも、あんまり怒ってなくてほっとしちゃった……」

「私は最初からなにも心配していなかった。なにしろおまえがこの屋敷に来てから、あの二人は口を開けばおまえの話しかしなかったからな」

少し妬けたぞ、と耳元で囁かれ、悠吾は頬を紅く染めた。

「まったく、誰もかれもがおまえを好きになってしまう。おまえを一番愛しているのは、この私だというのに」

部屋まで待ちきれなくなった鷹矢に廊下で抱きしめられ、唇を奪われる。

「だ、だめだよ、鷹矢……誰かに見られたら……っ」

「かまうものか、誰にだって見せてやる」

ことさら情熱的に唇を塞がれ、いつのまにか悠吾の両手もすがるように彼の背中にしっかりと回される。

全身が痺れるほどの、幸福感。

愛している、愛している、愛している。

世界中の誰よりも、彼を。

高まり合った想いを胸に、二人はしっかりと抱き合った。

「……だが、夕食が終わるまではお預けだな。山名に叱られる」

渋い顔で鷹矢が言うので、悠吾は思わず噴き出してしまう。

なにごとにおいても動じない鷹矢も、あの二人にだけは頭が上がらないらしい。


そして夕食を済ませてから、彼らは晴れて心おきなく鷹矢の部屋で抱き合った。

「……んっ……」

キスの合間に軽々と抱え上げられ、ベッドに運ばれた悠吾は、ちょっと待ってと制してずっと考えていたことを口にした。

「鷹矢、話があるんだけど」

「なんだ、あらたまって」

やや固い少年の口調に、鷹矢がわずかに眉をひそめる。

鷹矢を悲しませることになるのかもしれないけれど、悠吾は勇気を出して言った。

「俺、考えたんだ。やっぱり御園崎の籍には入れない」

「……どうしてだ？　私と結婚するのはいやなのか？」

案の定、鷹矢はひどく傷付いた様子だったので、慌てて首を横に振る。

「ちがうよ。鷹矢がそこまで俺のこと考えてくれてたのはすごく嬉しかったし、正直その気持ちに甘えたいとも思う。だけど……俺は鷹矢のこと好きだからこそ、お金目当てで養子に入ったなんて、言われたくないんだ。俺の気持ちまで否定されるような気がするから」

「悠吾……」

「ほんとに、この屋敷に置いてもらえるだけで充分だよ。学校に行かせてもらったら、俺、一生懸命勉強する。そうしていつか鷹矢の右腕になれるような優秀な人間になるよ。そしたら恩返しできるだろ？」

どこまでも欲のない言葉に、鷹矢はますますこの子をいとおしいと思う気持ちを止められなかった。

「俺の言いたいこと、わかってくれた……？」

「……ああ、おまえがそうしたいのなら」

不安げな少年を安心させるために、鷹矢はそのこめかみにそっとキスした。

「私からも言っておくぞ」

「なに……？」

「たとえおまえを籍に入れなくても、こないだ一帆の前でも話した通り、これから先誰に強要されようが、御園崎の血筋が途絶《とだ》えようが、私は他の者と愛のない結婚をする気はない。私が独身のままで死ねば遺産は叔父一家にいくのだから、彼も私たちの仲を反対はしないだろう。結果的にはこれでよかったのかもしれないいな」

「鷹矢……」

自分とのことをそこまで考えてくれている鷹矢への感謝は、いくらし尽くしてもし足りないと悠吾は実感する。

「……ほんとに、俺なんかでいいのかよ？」

思わず、そう確認してしまうと。

「怒るぞ」

お仕置きだ、と言うように鷹矢の額が眉間の辺りにごつんとぶつかってきた。

互いの鼻をくっつけるようなじゃれ合いは、すぐにバードキスへと変化する。

「あの……それと、もう一つあるんだけど」

「まだあるのか？」

不服《ふふく》げな鷹矢の問いに、悠吾はこっくりした。

「今日は、最後までしてほしい」

「……悠吾」

その表情で、彼が決死の覚悟を決めての言葉であることがわかる。

鷹矢だとて、正直夜も眠れないほど望んだことだ。

けれど少年に与える苦痛と、彼に拒絶された時のことを考えると、二の足を踏んでしまうのもまた事実だった。

十歳以上の年齢差のせいか、鷹矢にはどうしても悪い大人の自分がいたいけな少年を手ごめにするような罪悪感がつきまとっていたのだ。

ただ、慰め合うことで先延ばしにしても、いずれは限界がやってくる。

少年に触れながらどこまで耐えられるか、鷹矢も自分に自信がなくなりかけているところだった。

「……私は同性との経験はない。つらいだけになるかもしれないが、それでもいいのか？」

「うん。俺がそうしたいんだ。だから……」

鷹矢のものにして。

消え入るような声で告げられ、彼の自制のタガはいとも容易《たやす》く外れた。

「悠吾……」

矢も楯《たて》もたまらず、両手で少年の髪に指を差し込み、いとおしげに梳《す》きながら唇を求める。

「……んっ……」

舌を欲しがる大人のキスに、悠吾もぎこちなくおずおずと応えてくれた。

貪るような長い口付けの最中に、初めは息を詰めていた呼吸も次第にスムーズに鼻でできるようになってくる。

こうして、無垢《むく》だった少年も乾いたスポンジが水を吸い込むように、本能的に愛し合う術《すべ》を憶えていくだろう。

叶うことならば、この先も彼の媚態《びたい》を知るのは生涯自分一人でありますように、と鷹矢は祈った。

はやる想いを抑え、一枚ずつ丁寧に服を脱がせていくと、悠吾が少しだけ不安げな目でこちらを見上げてきた。

大丈夫だ、と宥めるように口付けを与え、愛撫の手を伸ばしていく。

「あ……」

ゆるゆると前に触れられ、悠吾は我知らずびくびくと反応してしまう。

自分で言いだした手前、後には引けなかったが、それでも不安は拭いきれない。

すると。

ふいに鷹矢が両足の間に割って入り、その両膝の裏を押し上げてきた。

「や……なに……？」

思いもよらぬ恥ずかしい格好に、悠吾が反射的に逃れようとすると。

「じっとして。私を受け入れる準備をするだけだ」

言うなり、鷹矢はあろうことか、両足を自分で持って支えるようにと促してきた。

「や……できない、そんなの……」

自ら秘所を晒《さら》すようなみだらな格好に涙目になって懇願《こんがん》するが、鷹矢は許してくれない。

「私を受け入れるというのは、こういうことだ。なら、さっきの言葉は本心ではなかったということか？」

「…………」

意地悪な質問に、悠吾はぎゅっと唇を噛みしめ、まなじりに今にも零れ落ちそうな大粒な涙を溜めたまま、自分の両足を胸元まで抱えた。

これで、今まで誰にも見せたことのないところを鷹矢の目の前にすべてさらけ出したことになる。

それは耐《た》え難《がた》い羞恥だったが、こうすることで鷹矢への想いが届くのならとやっとの思いで従う。

「……これで、いい？」

「いい子だ」

ようやくのことで難問をクリアしたとほっとする暇も与えられず、悠吾はさらなる衝撃に見舞われた。

なんと、鷹矢は人には言えないような箇所に舌を這《は》わせてきたのだ。

続いて、熱くしめった感触が下肢《かし》を襲う。

ていく。
半泣きの抵抗もものともせず、鷹矢はその固い蕾《つぼみ》に舌を差し入れ、ゆっくりとこじ開け
あまりの衝撃に自分で両膝を支えきれなくなり、少年の太ももがぶるぶると震える。
「だめっ……汚いよぉっ……」

今はただ、ほんの少しでも少年に苦痛を与えたくない一心《いっしん》で。

「や……っ、やだよぉっ……」

髪を振り乱し、身も世もなく泣きじゃくる。

が、鷹矢は許さなかった。

襞の一つ一つまで丁寧に舐《な》めほぐしていくうちに、悠吾の嗚咽《おえつ》はだんだんと小さくなってくる。

「ううっ……」

充分に濡らしながら、鷹矢は慎重に指を入れていった。

「あぁっ……」

熱くぬめった感触とともに体内に侵入《しんにゅう》してくる、明らかな異物感に少年が四肢《しし》を固くする。

しかし鷹矢の大きさを知る彼は、この程度の衝撃で音《ね》を上げている場合ではないとけなげに堪えていた。

これから鷹矢を受け入れるのだという精神的な高揚が、悠吾の感覚をさらに鋭敏《えいびん》にしていく。

「鷹矢……ぁっ……」

鼻にかかった甘い声で名を呼ばれ、もうたまらなかった。

鷹矢ははやる心を抑え、熱い昂ぶりで慎重に、けれど圧倒的な力で少年の狭い内を分け入っていく。

「ひっ……」

自分で意識するより先に、悲鳴のように喉が鳴った。

想像以上の圧迫感に悠吾は歯を食いしばって耐える。

「つらいか……？」

意地を張って、ぶんぶんと首を横に振る。

そんなことを言ったら、優しい鷹矢は止《や》めてしまうかもしれない。

それだけは嫌だった。

「平気だから……お願いだから、やめないで……」

「悠吾……」

苦しくないはずはないのに。つらくないはずがないのに。

必死に自分を受け止めようとしてくれている少年のひたむきな一途《いちず》さに、鷹矢は胸を打たれた。

こみ上げてくるいとおしさに任せ、上体に覆い被さるように唇を求めると、身じろぎしたせいで圧迫感が強くなったのか少年が呻いた。

それはわかっていたが、全身を駆けめぐる嵐のような欲望はもう自制することはできなくなり、鷹矢はゆっくりと最後まですべてをおさめきった。

驚くほど狭い内をゆるく突くたびに、少年の身体はびくびくと震える。

苦しいのだろうか、と罪悪感が襲ってきた後、ふと気付くと、さきほどまで苦痛と不安で縮んでいた少年自身が再びその存在を主張し始めていた。

「……やっぱ、どうにかなってる……俺の身体」

息も絶え絶えに、悠吾がつぶやく。

「私を愛しているなら、当然のことだ。なにもおかしくなんかない」

困惑しているその額に口付け、鷹矢はこみあげてくる喜びを感じていた。

「……ほんと……？」

「ああ、本当だ」

少しでもいいところに当たるように、鷹矢が慎重に内を探り、見つけ出したポイントを突き上げる。

「あ……んっ……」

すると初めて、悠吾の嬌声《きょうせい》に甘いものが混じり始めた。

初めての行為でこんな風になるなんて、と少年は混乱する。

だが身体の方はみるみるうちに正直な反応を示し、筋肉質な鷹矢の腹筋に擦り上げられた自身はすでに痛いほど脈打っている。

苦しいのはあいかわらずだったが、快感にまぎらわされたせいか我慢できないほどではなくなっていた。

「うう……あ……っ……」

快感と苦痛がないまぜになって、少年のすすり泣きは強くなっていく。

鷹矢の方も、少年を少しでも高みへ導こうと必死だ。

「鷹矢……鷹矢ぁ……」

「悠吾……」

余裕のないまま、二人はもっと、もっとと深く唇を重ね、舌を絡め合い、貪欲に互いを求め続ける。

「好きっ……好きだよぉっ……」

混乱し、わけがわからなくなってきたのか、悠吾はやや呂律《ろれつ》の回らない舌で繰り返しそう訴える。

「私もだ」

愛している、そんな言葉だけではとても言い尽くせない。

高ぶる感情に突き動かされ、鷹矢も最愛の彼を渾身《こんしん》の力を以《もっ》て抱きしめた。

二人の営《いとな》みは身体のみではなく、心の奥底までも溶け合い、一つになっていく崇高《すうこう》な儀式のようだった。

そして……。

「……あっ……あぁ……っ！」

小さく、少年が悲鳴に似た声を上げる。

互いの得た快楽の証《あかし》である飛沫を受け、彼らはたとえようのない至福《しふく》を味わいながらきつく抱き合った。


「……ん……」

閉め忘れてしまったカーテンのない窓から容赦《ようしゃ》なく差し込んでくる陽光に、悠吾は顔をしかめた。

強烈な日差しに強制的に起こされ、寝ぼけまなこで目線を泳がせると、鼻先に精悍《せいかん》な鷹矢の顔があり、いっぺんで目が覚める。

どうもまだ、彼といっしょに眠っているシチュエーションに慣れない。

……なんて、その腕まくらで寝ておきながら言えるセリフではないかもしれないが。

ゆうべは無我夢中で気がつかなかったが、声がかすれているところを見るとどうやらかなり大きな声を上げていたようで思わず赤面してしまう。

おかしいのは、喉だけではない。

鷹矢を起こさないようにそっと半身を起こすと、とたんに身体中の節々《ふしぶし》が痛むし、問題の箇所はまだかなりの違和感を引きずっている。

それでも、後悔したりしない。

自分で決めたのだから。鷹矢と結ばれたいと、心底《しんそこ》願ったのだから。

身体はひどく疲れていたが、しあわせだった。

すべてに一段落着いてほっとしたのか、鷹矢は隣でまだ深い寝息を立てている。

こうして目近でまじまじと眺めても、鷹矢の横顔はまるでおとぎ話の世界から抜け出てきた王子様のように凛々《りり》しくて素敵だ。

本当にこの人が、自分のことを愛してくれているのだろうか？

すると。

そんな想いを見透《みす》かしたかのようにふいに力強い腕が伸びてきて、鷹矢がすっぽりと大きな胸の中に抱きしめてくれた。

「おはよう」

「……おはよ」

わ、起きてたんだ、なんてどぎまぎしてしまったりして。

初めて迎えた朝の、やや照れくさくぎこちない挨拶《あいさつ》。

——鷹矢が王子様なら……俺はシンデレラってことかな？

そこまで考えて、なんだかおかしくなってしまう。

「なにを笑っている……？」

「ううん、なんでもない」

確かにそうかもしれないが、シンデレラはシンデレラでも、自分はうそつきなシンデレラだ。

童話や昔話では、うそつきには大抵罰《たいていばつ》が下るが、一概《いちがい》にそうならないのが現実の不思議なところかもしれない。

——もううそはつかないって約束するから……ハッピーエンドになってもいいよね？

最愛の鷹矢の胸に抱きしめられながら、自分は世界一しあわせなシンデレラだ、と悠吾は思ったのだった。

あとがき

こんにちは、真船《まふね》るのぁと申します。

雑誌の方で連載のお仕事はさせていただいていたのですが、書き下ろしの単行本はちょっとだけお久しぶりでした。

「うそつきなシンデレラ」、いかがでしたでしょうか？

大好きな年の差カップルのお話だったので、今回もノリノリで楽しくお仕事させていただきました。

書き終えてふと、そういえば今までこういうタイプの話は書いたことなかったなぁと気付いたりして。

子供の頃から、童話や民話が大好きで、学校や街の図書館の本を片っ端から読みあさっていました。

今思い出してみたら、小学生の頃、お約束なカンジに江戸川乱歩《えどがわらんぽ》の「明智小《あけちこ》五郎《ごろう》と少年探偵団シリーズ」などを読んでいたのですが、なぜか落語にもハマっていて「ねぎまの殿様」とか「まんじゅう怖い」なんかも読みふけっておりました。

どういう小学生やねん……。

閑話休題。

シンデレラといえば、童話の代表みたいなお話ですよね。

ふだん、なかなかタイトルが決まらない真船なのですが、今回はめずらしくタイトルがまず頭に浮かび、それからお話ができあがりました。

シンデレラ、イコール玉《たま》の輿《こし》的なイメージがありますが、そこは私のこと、ただ王子様の寵愛《ちょうあい》を待っているだけの子ではなく、自分で考え、自分なりに一生懸命生きようと努力している子を書きたくて悠吾《ゆうご》が生まれました。

この子はとてもお気に入りのキャラの一人となりました。

ちょっと元気がよすぎるシンデレラですけど、悠吾には鷹矢《たかや》としあわせになってほしいものです。

今回、お忙しい中イラストを担当してくださったこうじま奈月《なづき》様。

まさに頭の中にイメージしていた通りのキャラデザをいただき、感動でした。

鷹矢は悠吾でなくても惚れ惚れするほどかっこいいし、悠吾は鷹矢でなくても飛びつきたくなるほどキュートでした（笑）。

お仕事ごいっしょできて、嬉しかったです。

素敵なカットを本当にありがとうございました。

そして、今回も細かいプロットの相談に乗ってくださった担当様。

いつもおんぶに抱っこで、あてにしてばかりでもうしわけありません。

でも、これからも頼りにしてしまうかと（笑）。

これに懲りずによろしくお願いいたします。

最後に、この本を手に取ってくださった方々すべてに感謝を捧げます。

それではまた、次の本でお会いできる日を夢見て……。

真船るのあ

Hanamaru Bunko

作家・イラストレーターの先生方へのファンレター・感想・ご意見などは
〒101-0063 東京都千代田区神田淡路町2-2-2
白泉社花丸編集部気付でお送り下さい。
編集部へのご意見・ご希望などもお待ちしております。
白泉社のホームページはhttp://www.hakusensha.co.jpです。

白泉社花丸文庫
うそつきなシンデレラ

2002年11月25日 初版発行

著　者　真船るのあ©Runoa Mafune 2002
発行人　角南 攻
株式会社白泉社
〒101-0063 東京都千代田区神田淡路町2-2-2
電話03(3526)8070(編集) 03(3526)8010(販売)
印刷・製本　株式会社廣済堂
Printed in Japan HAKUSENSHA　ISBN4-592-87315-7
定価はカバーに表示してあります。

●この作品はフィクションです。
実際の人物・団体・事件などにはいっさい関係ありません。